내 인생, 어디쯤?

내 인생, 어디쯤?

초판 1쇄 발행 2024년 2월 1일

지 은 이 김동현
발 행 인 권선복
기획&진행 김홍미
편 집 한영미
전 자 책 서보미
발 행 처 도서출판 행복에너지
출판등록 제315-2011-000035호
주 소 (157-010) 서울특별시 강서구 화곡로 232
전 화 0505-613-6133
팩 스 0303-0799-1560
홈페이지 www.happybook.or.kr
이 메 일 ksbdata@daum.net

값 17,000원
ISBN 979-11-93607-18-3 (03810)

Copyright ⓒ 김동현, 2024

도서출판 행복에너지는 독자 여러분의 아이디어와 원고 투고를 기다립니다. 책으로 만들기를 원하는 콘텐츠가 있으신 분은 이메일이나 홈페이지를 통해 간단한 기획서와 기획의도, 연락처 등을 보내주십시오. 행복에너지의 문은 언제나 활짝 열려 있습니다.

김동현의
여　행
에 세 이

내 인생, 어디쯤?

김동현 지음

도서
출판 행복에너지

작가 노트

　오래전부터 여행 에세이를 써 보고 싶다고 생각했지만, 무엇부터 시작해야 할지 막막했다.

　무작정 여행에 대해 글을 쓰기 전에 나는 누구이고, 어떤 이유로 여행을 좋아하게 되었고, 왜 여행에 대한 글을 쓰고 싶은지를 먼저 생각해 보기로 했다.

　일단 순서 없이 '여행' 하면 떠오르는 생각들을 적어본다.

- 나는 호기심이 많은 아이였다. 어렸을 때 부모님 없이 혼자 어른들을 위한 패키지여행을 따라다닐 정도로 씩씩하고 새로운 것에 관심이 많았다.
- 중학교 때 유학을 떠난 이후로 본격적인 여행이 시작되었다.
- 군대를 다녀온 이후 스스로 계획을 세워 혼자 떠나는 여행을 좋아하게 되었다.

- 나는 여행을 하기 전 여행 정보를 여러 곳에서 수집하여 노트에 되는 대로 많이 적어 놓는다. 꼼꼼히 계획을 세우지는 않지만 이렇게 많은 정보를 담아두면서 여행하는 중간중간 다음 동선을 결정하는 것이 재미있다.

- 여행 가는 나라마다 꼭 그 나라 언어를 몇 마디라도 배워서 활용하려고 노력한다.

- 누군가는 쉬기 위해 여행을 떠난다고 하는데 나는 배우고 만나기 위해 여행을 떠난다. 세계의 여러 문화를 배우고 다른 나라 사람들과 만나는 일이 신기하고 좋다.

- 여행할 때의 나는 확실히 평소와 다르다. 여행할 때는 더 많은 것을 간직하려고 하고 쉽게 버리지 못하는 맥시멀리스트 maximalist가 된다.

- 평소 소심하고 수줍음이 많은 편인데 여행자일 때는 누구보다

씩씩해지는 나를 발견한다.

여행에 대해 무작정 생각나는 것을 나열하는 것만으로도 즐거워
진다. 참 이상한 일이다.

그때 문득 '나는 언제부터 여행을 좋아하게 된 걸까?'라는 생각이
들었다. 어쩌면 이 이야기의 출발은 그곳에서 시작해야 하는 것이
아닐까.

서른이 지나고 나니 문득문득 조바심이 나고 앞으로 어떻게 살
지 걱정이 되기도 한다.

요즘 가장 많이 하는 생각, '내 인생은 어디쯤 와 있는 걸까?'

그 질문에 답하기 위해 이 글을 쓴다.

무엇보다 이 책을 통해서 나와 같은 고민을 하는 이들에게 위로
와 격려가 되기를 바라며, 그동안 맘 편히 여행을 다닐 수 있도록

응원과 배려를 아끼지 않으셨던 부모님께 감사드린다.

　간디는 "가장 위대한 여행은 지구를 열 바퀴 도는 여행이 아닌 단 한 차례라도 자기 자신을 돌아보는 여행이다"라고 했다.
　나 또한 여행을 통하여 자신을 돌아보며 미래를 계획해 나갈 것이다. 진정한 나를 찾는 그날까지 나의 여행은 주욱 계속될 것이다.

2024년을 시작하며 **김동현**

추천사

김흥국 (가수, 김흥국 장학재단 이사장)

"아들 동현이의 여행길을 응원하며"

동현이 너도 알겠지만, 아버지 최고의 히트곡은 '호랑나비'였다. 1989년 이 노래 하나로 남녀노소 모두가 알아보는 유명 가수가 되었고 예능 프로그램에 나가서 개그맨보다 더 웃긴 가수로 사람들에게 각인이 되기도 했다.

지금이야 가수들의 예능 프로그램 출연이 이상한 일이 아니지만 그 당시엔 가수가 노래는 안 부르고 웃기기만 한다고 곱지 않게 보는 시선도 있었다.

그러나 아버지는 크게 개의치 않았다. 사람들이 나를 보며 웃고 내 노래와 춤을 따라 하는 것만으로도 행복했거든.

그러는 사이에 네 엄마를 만나고 결혼해서 네가 태어났다. 고정으로 출연한 예능 프로그램을 통해서 너의 임신 소식이 떠들썩하게 알려지고, "응애예요!"라는 유행어와 함께 너는 태어나자마자 어느새 '김홍국 아들', '번칠이'라는 애칭으로 유명 인사가 되어 있었다.

지금 돌이켜보니 어린 너에게는 상당히 버거운 상황이었던 것 같다. 세상 사람 모두가 널 알아보고, '번칠이'나 '응애예요~'라는 애칭으로 희화화되는 것에 대한 속상함도 느꼈을 것이다. 초등학생이 되어서 머리가 커지고 사춘기에 접어들면서 그런 부담감이 더해진 것 같다.

그 무렵 네가 먼저 유학을 가고 싶다고 했을 때 아빠는 그제야 너의 힘들었던 유년기를 짐작할 수 있었단다.

어느새 많은 시간이 흘렀다. 아빠는 환갑을 훌쩍 넘겼고 너도 서른이 넘었다. 평소엔 낯을 가리는 편이지만, 사람들을 좋아하고, 조용한데 잘 웃고, 착하고, 건강한 청년이라고만 생각했다. 여행을 좋아하고, 사진 찍는 것을 즐기며, 그림을 잘 그리는 아들이라고.

네가 지인의 카페에서 카페를 운영하는 법도 배우고, 하루하루 열심히 살고 있는 것은 알았지만, 네 마음 깊은 곳에 대해서는 잘 알 수 없었다. 하지만 네가 쓴 글을 읽고 나니 네 안에 있는 고민과 행복의 순간을 알 수 있게 되어 참 좋았다.

동현아, 인생은 긴 마라톤 같은 것이다.

타고난 체력과 뛰어난 스피드로 빠르게 결승점을 통과하는 사람도 있고, 너무 열심히 뛰다가 다리에 쥐가 나거나 체력이 바닥나 중간에 포기하는 사람도 있다. 아빠는 가장 중요한 건 자기만의 페이스를 찾는 것이라고 생각한다.

열심히 뛰다 힘들 땐 걷기도 하고 잠깐 쉬기도 하며 끝까지 가는 것이 인생이란다. 네가 어디쯤 온 건지, 내 앞에 누가 있는지 남과 비교하기보다는 너만의 페이스를 지키며 네 길을 걸어가길 바란다. 힘들 때는 걸어도 되고 잠깐 쉬어도 된다.

이번에 책을 쓰기 위해 몇 달간 심혈을 기울였듯이, 뛸 힘이 있을 때는 열심히 뛰어야 한다.

네가 가는 길, 언제나 가족과 사랑하는 많은 이들이 응원하고 있단다. 아들아, 사랑하고 고맙다.

아들의 진솔한 이야기가 담긴 책, 김동현의 여행 에세이 『내 인생, 어디쯤?』이 독자 여러분에게도 용기를 주고 새로운 도전에 나서는 데 도움이 될 것이라 믿으며, 함께 여행하는 동안 책에서 찾은 지혜와 용기를 삶에 녹여내어 여러분 모두가 더 풍요로운 행복한 이야기를 만들어 나가길 기대합니다.

묵묵히 자신만의 길을 걷고 있는 아들을 응원하며,

아버지 **김흥국**

아버지의 조기축구 현장

Contents

Part 1 열서 살의 이방인

Part 2 이미 시작된 나의 여행

Part 3 일본 이야기

Part 4 태국 이야기

호주 시드니, 하와이, 미국 본토 LA까지… 10년 가까이 되는 유학 생활 중 나의 십대는 이방인으로서 도전, 외로움, 정착, 이별의 연속이었다. 그곳에 온전히 발붙이지도 못하고 새로운 도시와 사람들을 맘껏 받아들일 준비도 안 되어 있었다. 늘 집으로 돌아가고 싶어 했다. 그럼에도 불구하고 다시 한국으로 돌아온 이후 나는 늘 낯선 곳으로 여행을 꿈꾼다.

Travel

열세 살의 이방인

꿈의 문, 여행

- 김동현

호주의 푸르른 하늘 아래 시작된
열세 살 이방인의 힘찬 첫걸음
하와이에서 LA까지
새로운 도시와 새로운 사람들

희망에 부풀었지만
10년 남짓 온전히 발붙이지 못하고
늘 그곳에서 이곳을 그리며 떠돌던
나의 아팠던 십 대여

하나의 이야기가 끝나면
다른 이야기가 시작되듯
어느새 두려움은 희망이 되어
또다시 낯선 곳으로의 여행을 꿈꾸네

01

나의 첫 외국 친구는 '하늘'이었다

초등학교를 마치고 2004년 나는 호주 시드니로 유학을 떠났다. 지금은 어린 나이에 유학을 떠나는 아이들이 많은 편이지만 20년 전만 해도 흔치 않은 일이었다.

한국에서는 유명인의 아들로 색안경을 끼고 나를 바라보는 사람들이 있었다. 그럴 때마다 투명 인간이 되어 사람들이 나를 알아보지 않았으면 좋겠다는 생각을 한 적도 있다.

그렇게 어린 나이에 불쑥 머나먼 나라로 유학을 떠났다. 그곳에서조차 나와 다른 피부색을 가지고, 다른 언어를 쓰는 이들이 낯설었다.

시드니의 중학교에 간 첫날, 낯선 장소와 낯선 얼굴의 학생들

2006년 여름, 유럽여행 중 한 공원에서

을 보며 이게 꿈인가 현실인가 혼자 멍하니 아무 말도 하지 않고 앉아 있었던 것이 기억난다.

시간이 조금씩 지나고 서양인들을 친구로 사귀어 보려고 노력도 해 봤지만, 그들과 다르게 생긴 나와 친해지고 싶어 하는 아이는 아무도 없었다.

그때 내 눈에 들어온 것은 바로 호주 시드니의 풍경이었다.

특히 그곳의 하늘을 잊을 수 없다. 분명 우리나라에서도 많이 봤던 하늘인데 호주 시드니의 하늘은 좀 더 명쾌하고 더 파랗고 더 높아 보였다.

하늘뿐만이 아니다. 들판은 정말로 크레파스로 그린 듯한 진한 초록색이었고 꽃들은 빨갛고 노랗게 물들어 있었다. 햇빛이 엄청나게 따가운 편이었는데 10분만 밖에 서 있어도 온몸이 불에 탄 것처럼 붉게 그을리기까지 했다.

그런데도 나는 파란 하늘을 보며, 푸른 초원을 보며 넓은 공원에 누워 있기 좋아했다. 어찌 생각해 보면 호주 시드니에서 내가

호주 시드니의 푸른 하늘과 초록 들판

사귄 첫 번째 친구는 바로 '하늘'이었다.

지금도 어느 나라를 여행하든지 꼭 공원을 찾는다. 그리고 하늘과 구름을 보고 나뭇잎의 모양, 꽃의 색에 관심을 두게 된다.

나의 첫 번째 친구 하늘이 그러했듯 자연은 나에게 위안과 평안을 주는 고마운 존재다.

푸른 하늘, 끝없이 펼쳐진 바다, 눈이 부신 햇살, 아름드리 큰 나무들, 이름을 알 수 없는 수많은 들꽃, 골목을 평정한 이름 모를 길고양이들까지….

10년의 유학 생활을 통해 나는 자연과 친구가 되는 법을 배웠다.

셰익스피어 극장과 시드니 타워

유학 초반에 가장 힘들었던 건 당연히 영어 공부였다.

영어로 수업을 듣고 책도 읽고 글도 쓰고 말도 해야 하는데 아직 영어 실력이 부족했던 나는 영어 공부에 정말 많은 시간을 써야 했다. 학교가 끝나고 다시 영어학원에 가서 영어를 배웠다. 참 힘들었던 기억이지만 한편으로는 영어 시간이 제일 좋기도 했다.

지금도 기억하는 숙제가 있다. 정확히 몇 학년 때였는지 모르겠는데 '호주 시드니에 셰익스피어 극장 만들어 보기'라는 숙제였다. 셰익스피어에 대해 배우고 극장을 짓는다면 어떤 모양으로 지을지 도면을 만들어 보는 숙제였는데, 영어도 어려웠던 내가 그런 숙제를 하기가 쉽지는 않았다.

　그즈음의 학교에서 시드니 타워에 견학 가게 되었다. 250m 높이의 타워 전망대에서는 시드니 도심과 외곽 지역까지 360도로 전망할 수 있다. 날씨가 맑은 날에는 전망대에서 80km 떨어진 블루마운틴까지 볼 수 있고. 해가 질 무렵 석양 풍경을 아름답게 볼 수 있는 일몰 포인트로도 유명하다.

　시드니 타워 견학은 내가 새로운 눈을 뜨게 된 계기가 되었다. 호주의 다양한 건축물에 관심을 두게 된 것이다.

호주 시드니 타워

그 덕분에 셰익스피어 극장 도면을 그리는 일도 재미있게 할 수 있었다. 여러 건축물과 어울리면서도 영국의 분위기가 물씬 나는 극장을 만들고 싶었다.

그렇게 열심히 만든 극장 도면을 숙제로 제출했을 때 처음으로 선생님에게 "good job!"이라는 칭찬을 받았었다.

지금도 나는 여행을 가면 꼭 전망대에 올라가 보곤 한다.

높은 곳에서 도시를 내려다보고 한 바퀴 둘러보고 땅을 밟으며 여행하는 것과 아무것도 모르고 높은 빌딩들과 건축물들을 올려다보기만 하며 여행하는 것은 분명 다르다는 것을 알기 때문이다.

03 힘든 유학 생활의 안식처, 교회

호주 생활을 시작한 지 몇 개월이 지나도 적응이 쉽지 않았다. 여전히 영어 공부는 어려웠고 친구들도 사귈 수 없었다.

그 무렵 한국에서 이모가 찾아오셨는데 나를 한인교회에 데리고 가셨다. 어렸을 때 부모님을 따라 절에 몇 번 가 본 적이 있어서 막연히 나의 종교는 불교라고 생각하고 있었기에 교회에 가는 것이 낯설었다.

하지만 이모의 손을 잡고 가게 된 교회는 내가 생각했던 것보다 훨씬 더 따뜻하고 재미있는 곳이었다.

한인교회였지만 나 같은 한국 유학생뿐 아니라 호주에서 태어나고 자란 교포 학생들도 많아서 예배는 영어와 한국어를 적

절히 섞어 진행되었다. 그래서 더 좋았다.

　이모가 한국에 돌아간 후에 나는 혼자여도 일요일만 되면 교회에 열심히 나갔다. 특히 지루할 줄 알았던 목사님의 설교가 참 좋았는데, 생각해 보면 한국어로 이야기를 듣는 것이 좋았었던 것 같다.

호주 한인교회

지금도 잊을 수 없는 분이 있다. '탱크 목사'로 불렸던 홍민기 목사님이다.

교회 캠프와 행사에 초청 목사님으로 오셨던 분인데 설교 시간이 마치 개그 프로그램처럼 재밌어서 정말 많이 웃었던 기억이 난다. 마치 지금의 '흠뻑쇼'처럼 성도들에게 생수를 뿌려주시던 장면은 아직도 생생히 떠오른다.

그때의 나는 신앙, 믿음 같은 것은 잘 모르면서도 아주 절실하게 예배드리고 기도했다. 찬송가도 열정적으로 부르는 편이라 많은 이들에게 "찬양하는 모습이 아름다운 동현이"라는 말을 듣기도 했다.

외롭고 힘든 유학 생활 중 교회에서 많은 위로를 받았기에 예배와 찬양이 즐거웠던 것이 아닌가 싶다. 낯선 여행지에서도 나는 교회나 성당에 가면 이상하게 위로와 평안함을 느낀다.

04

호주 최고의 휴양지, 골드코스트

호주에 살면서 가장 좋았던 곳을 꼽으라면 바로 퀸즐랜드주의 골드코스트다.

골드코스트는 호주에서 6번째 큰 도시로 약 60만 명이 살고 있다. 천혜의 자연을 가진 평화로운 도시이자 세계적으로 사랑받는 휴양지다. 부모님과 함께 휴가를 가서 이곳 해안에 완전히 반해버렸다.

왜 도시의 이름이 골드코스트일까, 문득 궁금해 유래를 찾아보기도 했다. 제2차 세계대전 이후 병사들의 휴양지로 자리 잡게 되면서 부동산 가격이 천정부지로 치솟아 이런 별명이 붙게 되어 결국 도시의 이름이 되었다고 한다.

황금빛 해안이라는 감상적인 도시명이 이런 현실적인 이유로 붙게 되었다는 것이 아이러니하다.

골드코스트에는 여러 개의 황금 해변이 있는데 가장 유명한 곳은 서퍼스 파라다이스다. 아름다운 해안선이 약 3km나 이어지는데 그곳에 서 보면 정말 끝이 없는 것처럼 느껴진다. 서퍼들이 많이 찾는 만큼 보드 대여소도 여러 개 있고, 서핑 강습 프로그램도 잘 마련되어 있었다.

서핑도 재미있었고 화려한 휴양지의 경치와 먹거리, 시설들을 즐기면서 돌아가고 싶지 않다며 부모님께 며칠 더 놀다 가자

호주 퀸즐랜드 골드코스트

고 떼를 쓰기도 했다.

그러다 문득 든 생각, '이곳에 살게 된다면 지금처럼 돌아가고 싶지 않을 정도로 즐겁고 행복할까?' 하는 것이었다.

내가 그때 살고 있던 시드니 역시 골드코스트 못지않게 살기 좋은 휴양지였다. 그럼에도 매일 가야 하는 학교, 학원, 집은 지겹기만 했었다.

어쩌면 '여행이 좋은 이유는 해야만 하는 일들, 늘 반복되는 일상과 다른 시간을 보낼 수 있기에 좋은 것일 수도 있겠구나!' 깨달았던 것 같다. 그리고 결심했다.

그래, 그렇다면 시드니에 돌아가서도 지금처럼 여행자의 마음으로 살아보자.

05

또 다른 유학 생활의 시작, 하와이

2006년 9월, 또 다른 시작이 나를 기다리고 있었다. 하와이로 다시 유학길을 떠난 것.

미국이라고 해서 막연히 엄청나게 큰 곳일 거라고 예상했었는데 막상 하와이에 와보니 제주도보다 더 작은 섬처럼 느껴졌고 도시도 특별한 것이 없었다.

학교생활은 더 힘들어졌다. 하와이의 학교에서는 영어 수업만 집중적으로 받아야 했기 때문이다. 아직 영어가 부족했던 나는 영어를 더 공부해서 네이티브native처럼 영어를 이해할 수 있어야 정규 수업을 받을 수 있었다. 내가 가게 된 학교 교장선생님의 단호한 결정이었다.

나는 영어가 좀 부족하더라도 다양한 과목의 수업을 듣고 싶었는데…. 하루 종일 영어로 말하기, 듣기, 읽기. 문법을 배우는 것은 정말 힘든 일이었다.

특히 호주에서는 영국식 영어를 배웠는데 하와이에서는 미국식 영어로 발음을 바꿔야 해서 더 헷갈리기도 했다. 나와 같은 처지의 일본, 대만, 한국, 베트남 친구들이 많아 친구가 생겼다는 점이 유일한 좋은 점이었다.

호주 시드니에서 자연과 먼저 친해졌듯이 나는 다시 하와이에서 사귈 새 친구로 거리를 택했다.

하와이 와이키키 해변

내가 가장 좋아하는 곳은 와이키키 해변과 그 주위 거리, 골목 구석구석이었다. 야자나무, 알록달록한 패턴들, 서핑 보드, 태양을 닮은 특유의 색감들로 이뤄진 그 거리를 걷고 걷는 것만으로도 충전이 되는 기분이었다.

알록달록한 서핑 보드

06

빅 아일랜드 화산 폭발의 추억

문득문득 하와이를 떠올리면 좋은 기억도 많지만 무섭거나 아쉬웠던 기억이 먼저 떠오른다.

하와이에 도착해, 한 달도 채 되지 않아 아직 낯선 환경에 적응하지 못한 10월의 어느 날이었다.

선잠을 자고 졸린 눈을 겨우 비비며 깨어났는데 온 집안이 캄캄하다. 집안의 불은 다 꺼져 있고 분위기도 뭔가 어수선하다. 일어나 보니 집안의 가구와 집기들이 나동그라져 있었다. 빅 아일랜드 화산이 폭발하여 지진이 난 것이었다.

나중에 알게 된 사실인데, 하와이의 빅 아일랜드 킬라우에아산은 여전히 활발히 활동 중인 활화산이고 주기적으로, 강진과 화산 폭발이 일어나 용암이 바다로 흘러 나가기도 한다고 했다.

그 규모가 엄청나서 길이 사라지고 해안가 모양이 달라져 지도를 바꿔야 할 지경이다. 물론 폭발이 작고 용암이 아주 천천히 흐르기 때문에 인명피해는 거의 일어나지 않는 화산이다.

그날도 건물이 무너지거나 큰 인명피해를 입지는 않았지만, 동네에 전기가 들어오지 않는 상태라 아침인데도 컴컴했고 동네 사람들이 밖에 나와 상황을 지켜보고 있었다.

지진이 무엇인지도 잘 몰랐던 나는 학교도 가지 못하고 하루

하와이 빅 아일랜드 킬라우에아 화산 폭발

종일 공포에 떨 수밖에 없었다. 다행히 밤 10시가 되어서야 전기가 복구되어 온 세상에 불이 환하게 켜졌는데 집집마다 환호성이 들리기도 했다. 큰 피해가 없었음에도 나에게는 제법 강렬한 하와이의 첫인상이었고 오랫동안 기억에 남는 사건이었다.

몇 년 후에야 하와이 화산 국립공원을 찾아가 보았다. 킬라우에아산의 화산 분화구는 여전히 활동 중이며 분화구 주변을 둘러싼 증기 구멍으로 수증기가 뿜어져 나오고 있었다. 심하지는 않지만, 희미한 유황 냄새가 코를 간질였다.

'네가 처음 하와이에 왔던 나를 벌벌 떨게 했던 그 화산이구나?' 속으로 말을 걸어보았다.

고개를 끄덕이는 듯, 몽글몽글 피어오르는 증기가 더욱더 세차게 뿜어져 나오는 기분이 들었다.

07

또 다른 이방인을 낯설어하는 이방인

호주 시드니에서는 서양인들 틈에서 아시안으로서 어려움이 있었다. 특히 호주인들이 나를 보는 그 눈길이 어색하고 싫었다.

반면 하와이는 꽤 다양한 인종이 섞여 살았다. 나와 같은 아시아인들도 많았고 백인, 흑인이 고루 있었기에 오히려 나는 그리 눈에 띄지 않는 사람이었다.

다만 나의 눈길을 끄는 이들이 있었으니 바로 하와이 원주민들이었다. 하와이 원주민들은 폴리네시아계 민족으로 800년 전쯤 항해를 하다 이 섬을 발견하고 정착했다고 한다.

영국의 제임스 쿡 선장이 하와이에 도달한 1778년 이후로는 서양인들이 많이 유입되면서 혼혈이 많이 생겼다고 하지만, 그래도 분명 그 민족만의 색채가 느껴졌다.

특히 눈빛이 매섭게 보였고 말투도 냉정하다는 느낌을 받았다. 물론 눈이 마주치면 활짝 웃는다든가 다가와 말을 건네는 이들도 적지 않았다.

그런데도 나는 어색함을 느꼈고 오히려 그런 사람들이 싫어서 원주민들 여럿이 함께 걸어가는 것을 보면 골목을 멀리 돌아간다든가 피하기 일쑤였다.

2006년 여름, 독일 프랑크푸르트 중심지에서

문득 내가 왜 이들을 낯설어할까, 의문이 들었다. 시드니에서 백인들과 흑인, 아시아인들에는 익숙해졌지만, 하와이 원주민들은 또 새로운 사람들이었기 때문일까.

내가 이들을 보는 눈빛이 바로 호주 시드니에서 나를 보던 백인들의 시선일지도 모른다는 생각도 하게 되었다. 나를 이방인처럼 바라보던 그 시선이 참 싫었는데, 내가 또 다른 곳에서 낯선 자들을 이방인처럼 대하고 있다고 생각하니 쓸쓸했다.

호주와 하와이 모두 이민자들이 만든 곳이다. 여러 인종이 서로 얽히고설켜 살며 하나의 문화를 만들어 냈다. 이곳에서는 모두가 이방인이고 모두가 친구다.

어느 순간 이제는 이들과도 친구가 되어야 한다고 결심했다.

08

새로운 친구, 그림

하와이의 생활은 예상보다 훨씬 더 단조로웠다.

호주 시드니는 워낙 큰 도시였고 대륙 곳곳으로 여행을 다녔던 기억이 많다. 호주가 끝이 없는 자연 풍경과 높은 건물들, 볼거리와 놀거리가 많은 곳이었다면 하와이는 그렇지 않았다.

며칠 여행 와서 편히 쉬고 휴양하기에는 좋지만 생활 반경이 좁고 갈 수 있는 곳도 정해져 있었기 때문에 살기는 지루했다.

내가 이곳에서 가장 자주 찾았던 곳은 1달러 영화관과 서점이었다. 1달러 영화관은 오래된 영화를 저렴하게 볼 수 있는 곳이어서 시간이 날 때마다 찾아가서 영화를 봤다.

주말이면 서점에서 책과 dvd를 구경하느라 정신없었다. 하와이 서점에선 늘 구수한 커피와 향기로운 초콜릿 냄새가 났던 기억이 있다.

그래도 다행이었던 점은 하와이의 고등학교 생활에 조금씩 적응할 수 있었다는 것이다.

영어로 수업을 들을 수 있게 되어 정규 수업을 통해 수학, 역사. 과학 등 다양한 공부를 할 수 있었다. 그중 내가 가장 좋아했던 것은 바로 미술이었다.

호주에선 영어 공부를 중점적으로 하느라 정신없었지만, 미술을 배우기도 했었다. 유명화가 박수근 작가의 손자분들이 운영하는 미술학원에 다니며 그림을 배웠다. 그곳에서 그림 그리기의 즐거움을 알게 되었다.

그리고 드디어 하와이 아트 센터에서 그림 공부를 다시 시작하였고, 몇 달 만에 예술 대학교에 진학하기로 결심했다. 포트폴리오를 열심히 준비하는 동안 자연스럽게 하와이라는 곳을 좋아하게 되었다.

그림을 그리게 되면 사물, 인물, 풍경 등 내가 그리고자 하는 것에 더욱더 집중하게 된다. 그렇게 한참을 관찰하고 연구해서 나만의 스케치와 색감을 더해 그림으로 표현하는 일이 즐거웠다.

　그때는 적응하느라 힘들었던 하와이를 이제야 겨우 좋아하게 되었는데 얼마 안 돼 하와이를 떠나게 되어 아쉬움이 컸다.

　하지만 지금 떠올려 보니 가장 좋았던 순간, 이별하게 되어 더 애틋하게 기억에 남는 것이 아닌가 싶다. 지금도 가끔 하와이가 몹시 그리운 걸 보면 말이다.

하와이 아트 센터

09

반 고흐의 별이 빛나는 밤에

그림을 그리기 시작하면서 세상 모든 풍경과 장면들이 그림
으로 보이기 시작했다.

하와이 와이키키 해변의 노을이, 하얀 파도와 파란 바다 사이
를 누비는 서핑 보드가 한 점의 그림 같았다. 주름이 깊게 팬 노
인의 얼굴, 까르르 웃는 아이들의 웃음 역시 그려보고 싶은 것
중 하나였다.

화가들의 화풍과 그림에 대해서도 많이 배웠는데 그전에는
알지 못했던 수많은 화가의 이름과 그림을 보았다.

미술학원에서 가장 좋아하는 화가를 선정해 보라고 했을 때
나는 주저 없이 반 고흐를 선택했다. 반 고흐는 세계에서 가장

유명한 화가이니 너무 뻔하다며 다른 화가를 생각해 보라는 말도 들었지만 나는 여전히 반 고흐를 가장 좋아한다.

흔히들 고흐를 천재라고 하지만 고흐는 노력파였던 것 같다. 그림을 자세히 보면 아주 촘촘하고 꼼꼼한 붓 터치로 정성을 다해 그린 그림이라는 것을 알 수 있다.

고흐는 그림도 많이 그렸지만, 글도 많이 썼다. 그가 쓴 글이란 가족에게 보내는 편지였다. 가난했고 정신병을 앓았던 것으로 잘 알려져 있지만, 그는 어떤 열악한 상황에서도 희망을 잃지 않았던 화가였다.

그가 가족에게 보낸 편지에는 이런 글이 있다.

"내 작품이 지금은 팔리지 않아도 어쩔 수 없지. 그렇지만 언젠가는 사람들도 내 그림이, 거기에 사용한 물감보다 내 인생보다 더한 가치가 있다는 사실을 알게 될 거야. 나중에 사람들은 반드시 나의 그림을 알아볼 거야."

나는 행복과 희망을 잃지 않는 사람이 되고 싶다.

지금 당장 큰 성공을 거두지 못하더라도 내가 무엇을 하든 언젠가는 인정받을 것이라고 믿고 묵묵히 내가 하고자 하는 일을 하는 사람이 되고 싶다.

지금도 반 고흐의 〈별이 빛나는 밤에〉를 보면, 그림을 처음
그리기 시작하고 가슴 벅차하며 하와이의 밤 풍경을 바라보던
어린 내가 떠오른다.

10

LA에서의 새로운 출발

2010년은 유학 생활 중에서도 즐거웠던 때로 기억한다. 특히 가족들과 여행을 많이 했었다. 무엇보다 5월 말에 고등학교를 졸업하고 미국 본토로 대학에 가게 된 것이 가장 나를 신나게 하는 일이었다.

가장 기억에 남는 일은 운전을 배운 것이다. 미국은 대중교통 시스템이 잘 안 돼 있고 사람들 대부분이 직접 운전한다. 그래서 나 역시 운전하는 데 익숙해져야 했는데 쉽지 않았다.

만약 내가 운전을 잘했었더라면 로스앤젤레스에서 옐로스톤 국립공원까지, 워싱턴까지, 뉴욕까지 열심히 달려 여행을 많이 했을 것이다. 하지만 혼자서 장거리 운전이나 여행은 쉽지 않았다.

2011년 8월, 아버지가 LA에 오셔서 처음으로 온 가족이 함께 라스베이거스까지 여행했다.

450km나 되는 거리를 직접 운전해서 가는 장거리 여행이었다. 가족이 돌아가면서 운전하긴 했는데 나 역시 길게 운전하는 여행에 처음 도전해 보는 것이었다.

끝없이 펼쳐진 미국의 고속도로를 신나게 달린다는 것은 상상만 해도 행복한 일이었다. 하지만 막상 고속도로에서 운전해 보니 무섭기도 하고 힘들기도 했다. 무엇보다 나는 운전보다 풍경을 보는 것이 더 좋았다.

고속도로 주변에는 미국 서부 특유의 흰 들판들과 산, 사막 그리고 숲이 어우러져 마치 스크린이 지나가듯 풍경이 영화처럼 펼쳐졌다.

'카지노의 도시'라고 불리는 라스베이거스는 미국 최고의 관광지다. 그때만 해도 나는 카지노를 생각하면 도박이라고 생각해서 직접 게임을 해 보고 싶다는 생각은 하지도 않았고 구경하는 것조차 거부감을 느꼈다.

시끄러운 소리, 화려하게 차려입은 사람들 사이에서 나를 사로잡은 것은 화려한 밤 풍경이었다.

라스베이거스 야경

　　1박 2일 동안 라스베이거스의 밤 풍경에 푹 빠졌다. 하와이나 시드니에서는 자연의 풍경에만 매료되었는데 인공조명이 이렇게나 아름다울 수 있다고 생각하게 된 첫 경험이었다.

11

10년 만에 다시 한국으로!

나는 LA의 한 디자인학교에서 그래픽 디자인과 애니메이션 전공을 시작했다. 설레고 흥분되는 마음으로 시작했지만 역시나 처음은 쉽지 않았다.

어딜 가든 일단은 영어가 발목을 잡는다. 고등학교 생활도 잘 해냈던 나인데 막상 대학교의 전공 수업을 영어로 듣고 수업을 따라가는 게 만만치 않았다. 초반에 공부량이 엄청났는데 낯선 환경에 적응하기도 전에 공부해야 해서 힘에 부쳤던 것 같다.

다시 한번 엄청난 좌절감에 빠지고 무기력해졌다. 공부도 하기 싫고 학교도 가기 싫어졌다.

외로움을 달래고 마음을 다잡기 위해 한인교회를 찾았다. 그곳에서 많은 친구들을 만나게 되었고 나는 학교보다 교회에서 보내는 시간이 더 많아지기도 했다.

유학 생활을 6년 넘게 했지만, 여전히 새로운 곳에서 적응하는 것은 쉽지 않았다. 뭐든 잘 안 풀리는 느낌이 들었다.

가족들과 친지들을 만나러 방학 때마다 한국에 가기는 했지만, 다시 돌아가고 싶다는 생각은 거의 하지 않고 살았는데, 그토록 꿈꿔 왔던 LA의 대학 생활 중에 한국으로 돌아가고 싶다고 생각하게 되었다.

어쩌면 나는 이렇게 계속해서 떠나며 사는 것이 어울리지 않는 사람일지도 모른다는 것을 처음으로 깨달았다. 한곳에 발붙이고 가족과 함께 소소한 일상을 즐기며 살고 싶어졌다.

그리고 마치 내 마음을 예상이라도 한 듯 2011년 12월경, 나에게 편지가 한 통 온다. 바로 군대 영장이었다.

12

나는 공익근무요원 김동현입니다!

10년 만에 한국에 돌아와 몇 달 지나지 않아 나는 군대 생활을 시작했다. 서울 양재동 행정법원에서 2년 동안 공익근무요원(현재 명칭은 사회복무요원)으로 복무했다.

나는 이상하게 무슨 일이든 처음의 기억이 가장 오래 남는다. 중학교 때 처음 호주 시드니에 도착했을 때의 하늘, 하와이의 후텁지근한 공기, LA의 시끄러운 경적 등이 첫 기억인데, 군대 생활도 첫 경험이 제일 많이 생각난다.

나의 첫 임무는 사건 파일을 스캔해서 정리하는 서류 업무였다. 스캐너와 복사기를 오가는 단순노동이었지만 서류가 섞이지 않도록 순서대로 정리해야만 하기에 주의를 기울여야 했다.

잠깐이라도 딴생각하거나 한눈을 팔면 금방 서류가 뒤섞여 문제가 생기기 때문이다.

그래서 이 일은 혼자서 하기보다 공익요원들이 조를 이뤄 함께 해야 했다. 서류 정리 업무가 좀 익숙해지고 난 후엔 문서를 폐기하는 일도 해 보고, 정리한 문건들을 사무실에 전달하는 작업을 하기도 했다.

누군가는 어렵지도 않고 힘들지도 않은 일을 했다고 생각할 수도 있겠다. 하지만 아는 사람은 알 것이다. 공익요원도 엄연히 군 복무를 하는 것이고 공적인 일이기에 긴장의 연속일 수밖에 없다는 것.

그래도 다행인 것은 동기들이 있어 의지할 수 있었다는 점이다. 잠시 쉬는 시간에는 공익요원 친구들과 함께 시간을 보내고 밥도 같이 먹으며 대화를 할 수 있어서 좋았다.

그렇게 나의 10년 만의 한국 생활은 시작되었다.

법원 사회복무요원(공익근무요원) 마크

13

법원도서관에서 찾은 여행에 대한 기대

　나는 서류 스캔 일을 그만두고 법원도서관으로 자리를 옮겼다. 법원도서관에서의 업무는 서류 업무 정리보다는 훨씬 편하게 느껴졌다. 일단 실수할 확률이 낮아 긴장감이 적었기 때문이다.

　법원도서관에서 나의 임무는 직원들의 책 대여 및 반납을 도와주는 일이었다. 한 가지 힘든 점이 있다면 근무하는 7시간 내내 컴퓨터 앞에 앉아 있어야만 한다는 점이었다.

　법원도서관에서 책이나 자료를 찾는 이들은 많았지만, 직원들이 도서관을 찾는 시간은 제한적이었다. 그렇다 보니 컴퓨터 앞에서 기다리는 시간이 더 많았다.

처음엔 멍하니 앉아 있었는데 시간이 지나면서 나도 도서관에 무엇이 있는지 궁금해졌다.

도서관에는 법과 관련된 책들, 두꺼운 사전과 자료들뿐만 아니라 재미있는 소설책, 자기계발서, 여행책 등이 있었고 심지어 DVD 영화까지 있었다.

서당 개 3년이면 풍월을 읊는다더니 법원에서 근무하다 보니 나도 법에 대해 공부하고 싶다는 생각을 잠깐 하기도 했다. 하지만 법 관련 책은 정말 어려웠다.

대법원 법원도서관 열람실

몇 권 읽다 바로 포기했다. 그래도 그 덕분에 나는 도서관의 책들에 대해 더 많은 관심을 두게 되었다. 그중 흥미를 찾은 분야가 바로 여행 서적 분야였다. 여행 서적들을 읽으며 세상은 넓고 가 보고 싶은 나라도 많다는 걸 깨달았다.

특히 여행 정보뿐 아니라 여행 중의 소소한 이야기들을 읽는 즐거움이 컸다. 여행하면서 느낀 것들을 풀어내는 '여행 에세이'라는 것이 이런 거구나, 나도 한번 써 보고 싶다고 생각하는 계기가 되었다.

나만의 모험 스케줄

2015년 2월 24일, 공익근무요원(현 사회복무요원) 근무를 마쳤다. 이제부터 내 인생의 2막이 시작되는 기분이었다.

하지만 무엇을 어떻게 시작해야 할지 막막했다. 남들처럼 무작정 학위를 따고 취업하는 진로를 선택하고 싶지 않았다.

문득 법원도서관에서 읽었던 고 정주영 전 현대 명예회장의 책 중 한 구절이 기억에 남는다.

"모험이 없으면 큰 발전도 없다."

그래, 이제부터가 진짜 내 인생의 모험을 시작할 때구나. 그렇게 제일 먼저 사회인으로서 세운 첫 계획이 바로 '여행 계획'이었다.

유학 생활 동안 다양한 나라에서 살아보고 여러 곳을 여행해 봤지만 크게 계획이란 걸 세워본 적이 없었다. 편안히 쉬고 맛있는 것 먹고 새로운 것들을 경험하는 시간이 여행이라고 생각했기 때문이다.

하지만 지금부터의 여행은 세상을 모험하는 것이라고 믿었다. 여행을 통해 무언가를 얻어와야겠다고 결심했다.

'여행 전문가'라는 표현은 조금 거창하다. 하지만 나는 나 스스로를 그렇게 명명하기로 했다. 누군가에게 보이는 것 때문이 아

니라 나 자신이 마음을 먹어야 진짜 제대로 된 여행을 할 수 있을 것 같았기 때문이다.

이때부터 여행에 대한 계획을 잘 세우고, 여행을 다녀온 후 내용도 정리해서 많은 사람에게 그 나라를 소개해 주고 이야기해 줄 수 있는 사람이 되고 싶어졌다.

나 홀로 여행하면서 각 나라의 문화와 풍습을 느끼고 같은 취미를 가진 사람들과 공유하고 그들에게 도움을 주는 것도 좋겠다고 생각했다.

그래, 이제 나의 여행은 나만의 모험 스케줄이 된 것이다. 내 안의 작은 모험가가 깨어나듯, 나만의 발길로 새로운 세계를 발견해 내리라. 이제 나는 드디어 모험을 떠난다.

"여행을 떠나요!" 노래만 부르면 뭐 할까. 언제, 어디로, 어떻게 떠날 것인가를 정해야 한다. 지구본을 놓고 한 바퀴 삥 둘러본다. 이렇게나 많은 나라가 있는데 어떻게 정한담? 여행 계획을 짜면서 깨달았다. 여행은 어디를 가느냐도 중요하지만 어떻게 계획을 세우느냐가 중요하다는 것을. 여행에 대해 생각하는 것만으로도 이미 나의 여행은 시작되었다.

Part 2

이미 시작된 나의 여행

나만의 모험

- 김동현

떠나볼까, 세상의 어딘가로!
그곳에서 펼쳐질 기적의 순간

가벼운 가방에 꿈을 담아
하늘을 나는 새처럼 자유롭게

촘촘히 세운 계획에 맞춰
한 발 한 발 내딛는 그 길 위

마주하는 사람들과의 만남은
내 삶의 더 큰 보물이 되리니

여행을 떠나는 순간
나만의 모험이 펼쳐진다

01

열일곱 살의 첫 패키지여행

 2008년 5월, 하와이에서 유학 생활을 할 때였다. 나는 처음으로 혼자 여행해 봐야겠다고 생각했다. 하와이의 삶이 단조롭고 지겹기도 해서 어딘가 새로운 곳으로 떠나고 싶어진 것이다.

 여행지를 한참 알아보다 싱가포르로 목적지를 정했다. 싱가포르가 아시아의 여러 나라 중에서도 질서가 잘 유지되고 깨끗한 도시인 데다가 무엇보다 안전한 곳이라는 점이 나의 마음을 사로잡았다.

 부모님께 나의 여행 계획을 말씀드리자 깜짝 놀라시는 눈치였다. 아직 혼자서 해외여행을 하기에는 열일곱 살이란 내 나이가 너무 어렸기 때문이다.

하지만 부모님은 무턱대고 안 된다고 하지는 않으셨다. 곰곰이 생각하신 후 패키지여행을 권해주셨다. 여러 사람이 함께 움직이고 단체로 다니기는 하지만 충분히 개인 시간도 즐길 수 있으니 괜찮을 거라고 설득하셨다.

나는 패키지여행이 정확히 어떤 것인지도 잘 몰랐지만 그래도 가족 없이 혼자서 여행하는 것 자체가 꽤 멋진 일이라고 느꼈다. 그래서 흔쾌히 OK하고, 설레는 마음으로 싱가포르 여행을 떠났다.

하지만 싱가포르에 도착하자마자 뭔가 이상하다는 걸 느꼈다. 한국인 가이드의 피켓을 따라 여러 사람이 줄을 서서 따라다녀야 했다. 나이가 지긋하신 어르신들도 계셨는데, 가는 곳마다 그분들을 한참이나 기다려야 했다.

하루 이틀 정도는 혼자서 대중교통을 이용해 돌아다닐 수 있는 자유시간이 있을 줄 알았는데 정작 패키지여행에서는 불가능한 일이었다. 정해진 관광코스에서 조금이라도 이탈하면 안 된다고 했다.

지금 생각해 보면 패키지여행에서는 이런 것들이 당연한 일이었고 미리 일정도 다 확인했어야 했는데 잘 몰랐던 내 불찰이었다. 그렇지만 나는 단지 열일곱 살일 뿐이고 가족을 떠나 혼자서 여행하되 조금은 안전한 여행을 하고 싶었던 것뿐이다. 이 일을 계기로 현실에서는 내가 상상한 여행이 패키지는 아니었음을 깨달았다.

싱가포르 여행 중(2008년 5월경)

02

안전하고 정돈된 도시여행, 싱가포르

글을 쓰다가 문득문득 깨닫는다. 뭐든 나쁜 일만 있었던 것은 아니라는 것을. 싱가포르 패키지여행에서 좋은 친구를 만난 덕분이었다.

엄마, 동생과 함께 여행 온 내 또래 남자아이가 있었다.

버스도 그렇고 숙소도 그렇고 보통 둘이 짝을 이뤄야 했기 때문에 어쩌다 보니 우리는 자연스럽게 짝이 되었고 결국 호텔도 함께 쓰게 되었다.

사실 모르는 이와 같은 방을 쓴다는 것은 나로서는 상상도 하지 못했던 일이다. 어쩔 수 없는 상황이라 받아들였을 뿐인데 지금 생각해 보면 이 친구가 없었다면 싱가포르 패키지여행의 큰 즐거움이 사라졌겠구나 싶다. 여행하면서 좋은 친구가 생겨서 정말 기뻤다.

싱가포르는 예상대로 깔끔하고 예쁜 도시였다. 주요 관광지는 대부분 마리나베이에 모여 있었다.

첫날 여행할 때 리버크루즈를 이용하였는데 바다와는 또 다른 느낌이 들게 하는 강변이 참 좋았다.

또 하나의 인상적인 장소는 바로 리버 원더스River Wonders였다. 이곳은 아쿠아리움과 동물원이 모두 있었고, 강을 테마로 만

싱가포르 리버크루즈

들어 사람이 만든 동물원임에도 불구하고 굉장히 자연과 가까운 느낌이 드는 곳이었다.

센토사섬Sentosa도 기억에 남는 곳이다. 센토사섬은 말레이어로 '평화와 평온'을 의미한다고 한다. 2차 세계대전 때 일본에 점령당하고 영국군의 요새로도 쓰였다는 놀라운 역사를 뒤로하고 지금은 열대 해변과 고급 호텔, 설렘이 가득한 관광 명소이자 인기 리조트 일대로 탈바꿈했다. 센토사 자연 박물관, 유니버설 스튜디오 등 볼거리와 즐길 거리도 가득했다.

싱가포르를 패키지여행 프로그램으로 졸졸 쫓아다니며 나는 혼자만의 여행 스케줄을 짜 보기도 하고 멋진 거리를 한없이 걷는 상상을 하기도 했다. 다음에는 꼭 나 혼자서 이곳을 찾아야겠다고 마음속으로 다짐하면서 말이다.

03

내 꿈의 여행지는 바로 '인도 타지마할'

다시는 패키지여행은 하지 않겠다고 다짐했지만 한 번 더 패키지여행을 간 경험이 있다. 바로 인도 여행이었다.

어릴 적부터 가장 가 보고 싶은 여행지를 꼽으라면 나는 주저 없이 인도를 선택했다. TV에서 봤던 타지마할Taj Mahal의 모습에 매혹되었기 때문이다.

1983년 유네스코 세계문화유산으로 지정된 타지마할은 인도의 대표적인 이슬람 건축물이자 궁전 형식의 묘지로서, 무굴 제국의 황제였던 샤 자한이 왕비 뭄타즈 마할을 추모하여 건축한 것이다.

그 건축물과 자연환경의 조화로움에 매료되어 나는 평소에도 타지마할의 사진을 많이 찾아보곤 했다.

흔히 잘 알려진 정면의 모습뿐 아니라, 워낙 큰 건물이다 보니 밖에서 보는 뷰 포인트가 여러 곳이 있어 찾아보는 즐거움이 있었다.

하지만 인도에 간다는 것은 쉽게 결정할 수 있는 일이 아니었다. 위험하다는 얘기도 들었고 내가 그곳에서 길을 잘 찾아다니

인도 타지마할

며 여행을 잘할 수 있을지 계속 의구심이 들었다.

그렇게 시간이 흐르고 2013년쯤 이대로 계속 고민만 할 수는 없겠다고 생각하고 인도를 여행하기로 결심했다. 다만 혼자서는 위험하다고 판단하여 패키지여행을 가게 된 것이었다.

어린 시절 패키지여행에 대한 안 좋은 추억이 있음에도 불구하고 다른 선택의 여지가 없었다. 그만큼 나는 인도에 꼭 가 보고 싶었다.

04

동물과 사람이 공존하는 인도의 거리

인도를 생각하면 몇몇 장면들이 사진처럼 선명하게 떠오른다. 말로 설명하는 것과는 또 다른 그곳만의 독특한 분위기와 문화가 있었고, 나로서는 꽤 충격적인 장면들도 있었다.

인도에서 가장 기억에 남는 장면은 멋진 건물, 화려한 야경, 거대한 자연 풍경이 아니었다.

일단 수많은 동물의 모습부터 떠오른다. 길에는 사람만큼이나 동물이 많았다. 특히 개들이 많았고, 소들이 길거리에서 풀을 뜯어 먹고 쓰레기를 먹고 있었다.

그 장면을 보고 처음에는 무척 당황스러워 동물들이 더럽거나 무섭다는 생각도 했었다.

하지만 인도를 떠날 때쯤에는, 이곳은 동물과 사람이 공존해서 사는 곳이라고 생각하게 되었다. 그중에서도 유기견들이 삼삼오오 몰려다니는 모습이 인상적이었다. 혼자 다니는 개는 별로 없었고 여럿이 어울려 다녔는데 그 모습이 마치 친구들끼리 즐겁게 지내는 것처럼 느껴졌다.

그리고 묘한 부러움이 느껴졌다. 아무 걱정과 고민 없이 그냥 어울려 다니고, 배가 고프면 먹이를 찾아 먹고, 졸리면 자는 그 친구들(?)의 일상이 오히려 정겹게 느껴졌다.

인도 여행 중(2013년 1월경)

어느 책에서 읽었는데 인도는 다민족, 다문화, 다종교 국가라고 한다. 인도의 대표적인 종교는 힌두교라고 알려져 있지만, 사실 인도에서는 이루 셀 수 없는 수많은 신들을 섬기고 있다.

"인구의 수만큼 신이 존재한다"라는 말로 설명되는 인도의 종교에 대해 알게 된 후로는, 인간과 함께 어우러져 살아가는 동물들이 떠오른다.

그들은 신이든 인간이든 동물이든, 어떤 모습이든 상관없이 모두가 함께 살아간다고 믿고 있는 것이 아닐까.

05

타지마할 말고 뉴델리 연꽃 사원

　어떤 이들은 외국 음식이 입에 맞지 않아 여행이 힘들다고 말하기도 한다. 인도 패키지여행을 함께한 사람 중 그런 사람들이 정말 많았다.

　나는 어떤 음식이든 잘 먹기도 하고 특히 인도식 카레와 난을 워낙 좋아했기에 매 끼니 식사에 어려움이 없었다.

　하지만 같은 여행을 하는 사람 중 대부분이 인도 현지 음식을 잘 먹지 못했다. 그래서 고추장이나 밑반찬을 가지고 다니며 식사하는 분들도 있었는데, 내가 정말 맛있게 먹고 있는 카레에 고추장을 뿌리며 이렇게 먹으라고 하셔서 억지로 먹었던 기억도 난다.

여행은 그 지역에 사는 사람들을 만나고 문화를 경험하는 것이라고 생각하기에 나는 현지식 위주로 먹으려고 하는 편인데, 그것이 인도에서도 그대로 적용되어서 다행이었다.

인도 여행은 예상했던 것만큼 힘들었다. 덥고 지저분하고 사람도 많고 차는 막히고 바가지요금도 심했다.

그런데도 좋은 기억이 더 많이 남았다. 가장 인상적이었던 것은 다양한 디자인의 사원이었다.

종교가 많은 만큼 사원도 가지각색의 모양을 하고 있었다. 대리석으로 만든 곳도 있고 흙으로 빚은 듯한 사원도 있었다.

그중에서도 뉴델리의 연꽃 사원을 가장 기대하고 있었는데 아쉽게도 그곳은 보지 못했다. 그런데 한편으로는 그때 연꽃 사원에 가지 못한 것에 안도감이 들기도 한다. 연꽃 사원을 보기 위해서라도 인도를 한 번 더 방문하면 좋겠다고 생각하게 되었기 때문이다.

완벽한 여행을 하고 나면 그곳에 대한 미련이 없겠지만 이렇게 조금이라도 아쉬움이 남는 여행은 다시 한번 그곳을 찾을 수 있는 계기를 마련해 준다.

나는 요즘 타지마할 대신 뉴델리 연꽃 사원의 사진을 자주 찾아본다. 다음에 다시 인도를 찾게 된다면 영어가 가능한 인도인 가이드와 함께 여행하고 싶다. 그래서 그곳에 얽힌 역사 이야기도 현지인에게 꼭 듣고 싶다.

뉴델리 연꽃 사원

06

어디로 갈 것인가, 목적지 정하기

어린 시절의 패키지여행의 기억을 되살리고 나니 성인이 된 지금은 더더욱 진정한 홀로서기 여행을 해야겠다는 결심을 하게 되었다.

여행의 시작은 무엇일까? 당연히 어디를 여행할 것인가 목적 지를 정하는 것이다.

사실 가 보고 싶은 곳은 정말 많다. 만년설을 보러 북극에도 가 보고 싶고, 오로라를 보러 아이슬란드에도 가 보고 싶다. 하지만 세계 어디든 아무 때나 갈 수 없는 것도 현실이다.

먼저 내가 지금 갈 수 있는 곳 중 가 보고 싶은 곳의 리스트를 작성해 본다. 일단은 우리나라에서 가까운 곳부터 가 봐야겠다는 생각이 들었다.

해외여행을 시작하기 전 국내 여행을 먼저 한 것도 내 주변을 탐색하는 것으로 여행의 맛을 느끼기 시작해야겠다고 생각했기 때문이다.

어디를 갈 것인가 정하기 전에 그 전의 여행에서 아쉬웠던 점을 생각해 보았다.

여행은 막상 할 때는 힘들지만 지나고 보면 좋았던 기억만 나고 하지 못하고 돌아온 것이 늘 아쉽다. 특히 꼭 가 봤어야 할 장소를 놓치고 돌아왔을 때는 애틋한 마음마저 든다.

그래서 이번 여행은 계획을 효율적으로 짜고 기간 내에 내가

할 수 있는 것이 무엇일까, 어디를 가는 것이 좋을까 등의 계획
을 잘 세워야겠다고 마음먹었다.

군 제대 후 첫 여행이었기에 여행 비자도 받아야 하고 이래저
래 준비할 것이 너무 많았지만, 거리가 먼 곳은 제외하고 가까운
곳의 여행지부터 생각해 보았다. 그때 제일 먼저 떠오른 곳이 바
로 일본이었다.

07

계획은 늘 나를 배신한다

제대 후 첫 여행지로 일본을 선택한 이유는 아주 단순했다.

겨울의 끝자락인 2월에 제대한 나는 따뜻한 봄이 그리웠다. 노릇노릇 부드럽게 익을 것 같은 봄 햇살도 생각나고 차갑지 않은 싱그러운 바람도 생각났다.

무엇보다 꽃이 보고 싶었다. 어릴 적에는 크게 관심 없던 꽃이었는데 군대에서는 예쁘고 향기로운 꽃이 그렇게나 많이 생각났다.

'봄의 벚꽃을 만끽하며 편안하게 할 수 있는 첫 여행지?'라고 생각하니 바로 일본이 떠오른 것이다. 그렇게 3월의 여행지는 일본 도쿄로 정해졌다.

나리타 국제공항에 도착한 나는 시내로 향하기 위해 전철을 탔다. 도쿄는 서울 시내보다도 더 복잡하고 높은 고층빌딩들로 이뤄진 화려한 도시였다. 정신이 없을 정도로 시끄럽고 사람도 진짜 많았다.

여행 계획표를 보며 부지런히 맛집을 찾아다니고 관광지를 돌아봤다. 첫 일본 여행이라 일본어가 미숙했던 나는 매번 길을 묻거나 맛집에서 주문할 때 긴장해야만 했다.

여행을 잘하려는 욕심이 앞서서 일정을 체크하며 빨리빨리 움직이기만 하다가 어느 순간에는 지치기도 했다.

그러던 중 우연히 도쿄에도 디즈니랜드가 있다는 것을 알게 되었다. 다 컸는데 무슨 디즈니랜드야 싶어서 처음에는 계획에서 뺐는데, 다시 마음을 바꿔 여행 중 하루를 빼 무작정 디즈니랜드를 찾았다.

생각보다 볼거리와 즐길 거리가 많았고 오랜만에 타는 놀이기구도 정말 재밌었다. 기대했던 도쿄 여행의 관광지는 예상외로 지루하게만 느껴졌는데 의외의 소득이었다. 계획에 없던 디즈니랜드가 가장 인상적이고 즐거웠으니 말이다.

도쿄 디즈니랜드

　그렇게 뿌듯한 마음으로 일본 여행을 마치고 집으로 돌아가는 비행기를 타러 공항 가는 길, 문득 깨달았다.

　'아, 벚꽃을 보러 왔는데 정작 벚꽃은 못 봤네….'

　3월은 아직 벚꽃이 피지 않는 시기였던 것이다.

　그렇구나, 여행이 계획대로 되는 건 아니구나, 피식 웃으며 공항으로 향했다.

08

공항 가는 길

　몇몇 사람들은 여행은 좋은데 여행지에 도착하기까지의 과정이 너무 힘들어 여행 가기가 망설여진다고들 한다.

　비행시간보다 적어도 2시간 이상 일찍 도착해 짐을 부치고 티켓을 발부받고 검색대를 통과해 탑승대 앞까지 가는 시간이 힘들고 지루하다는 것이다.

　하지만 나는 공항을 좋아한다. 일단 공항 가는 길이 설렌다. 어쩌면 나에게 여행은 공항으로 출발하는 그 순간부터 시작되는 것이 아닐까 싶다.

　일단 공항에 가면 대한민국 사람들만큼이나 다양한 외국인들을 만날 수 있다. 다른 나라로 출발하려는 사람들과 여행을 마치고 도착한 사람들이 공존하는 곳, 떠나는 사람과 돌아오는 사람이 함께 있는 공항만의 묘한 분위기가 느껴진다.

그래서 공항 벤치에 앉아 오가는 사람들을 살펴보는 것만으로도 재미있는 경험이 된다.

특히 나는 각국 항공사 승무원들의 옷차림과 행동을 유심히 보기도 한다. 저들은 지금 여행하는 기분일까, 일하는 기분일까 궁금하기도 했다.

공항은 그 나라의 첫인상이라고 할 수 있다. 공항에서 그 나라의 첫 음식을 먹기도 하고 첫 쇼핑을 하기도 한다.

인천국제공항

인천공항이 세계적인 수준이며 그 서비스와 품질이 뛰어나다는 기사를 봤는데, 여러 나라의 공항을 이용해 본 나로서도 그 부분에 동의한다. 인천공항처럼 쾌적하고 시설이 잘되어 있는 곳은 드물다.

다만 아쉬운 것은 공항 근처에 좀 더 볼거리와 즐길 거리가 많았으면 좋겠다는 것이다.

공항 안의 음식점이나 면세점 등은 잘 되어 있지만 잠깐 나가서 바람을 쐬거나 즐길 만한 놀이 공간은 부족하다.

공항 근처에서 차를 타지 않고도 그 나라의 정취나 자연, 문화를 느낄 수 있는 공간이 조금은 있었으면 하고 바란다.

09

날아라! 비행기

다들 비슷하겠지만 비행기를 타면 창가 좌석에 앉고 싶다.

창가 좌석이 없다면 최소한 복도 쪽 좌석에 앉아야 한다. 가운데 좌석은 답답하고 양쪽 사람들에게 피해를 줄까 봐 긴장하게 되기 때문이다.

비행기 창가 좌석이라곤 해도 창문은 참 작다. 내 방 창문에 비하면 십분의 일 크기도 되지 않는다. 그런데도 바깥 풍경을 볼 수 있다는 것에 큰 안도감이 든다.

꽉 막힌 벽은 늘 답답하다. 이렇게 작게라도 외부와 내가 연결되어 있다는 것을 느끼는 것이 밀실 같은 비행기 안을 버티게 하는 힘이 된다.

다행히도 나는 고소공포증이나 밀실 공포증은 없다. 비행기 안에서 크게 불편함을 느끼거나 아프지 않은 것도 참 다행이다.

솔직히 말하면 나는 비행기 안에서 할 수 있는 많은 것들을 즐기는 편이다. 기내식도 맛있게 먹고 모니터를 통해 영화를 보거나 음악도 듣는다.

그래도 시간이 가지 않는 긴 비행이라면 꼭 게임을 챙겨간다. 게임기를 가지고 테트리스 게임을 하다 보면 시간이 정말 금방 가고 아무 생각 없이 그것에만 집중할 수 있으니, 비행이 힘든 이들에게는 게임기를 가져가라고 권하고 싶다.

가끔은 카드 게임을 하기도 한다. 혼자서 하는 카드 게임도 은근히 긴장되고 재미있다.

비행기 창문 밖 풍경

10

승무원 여러분, 고맙습니다!

어렸을 때는 비행기에 타면 꼭 승무원 누나들에게 편지를 썼다. 어린 내가 보기에 깔끔한 제복을 입고 예쁜 얼굴에 환한 미소를 띤 승무원들은 꼭 천사같이 보였다.

내가 맛있는 음료도 주고 무서운 비행에 도움을 줘서 고맙다고 짧은 엽서나 편지를 써서 건네주면, 승무원들은 하나같이 모두 내게 감사하다며 밝게 인사를 해 주었다. 그게 좋아서 계속 편지를 썼던 것 같다.

이제는 승무원에게 편지를 보내지는 않지만. 가끔 여행지에 대해 궁금한 점을 물어보기 위해 말을 걸 때가 있긴 하다. 나는 처음 가 보는 곳이라도 그 승무원은 여러 번 방문했을 테니 말이다. 대부분은 친절하게 답변해 주고 맛있는 식당을 소개해 주기도 한다.

한때는 승무원이 최고의 인기 직업인 때도 있었다. 예쁘게 차려입고 세계 각국을 여행할 수 있으니 많은 이들에게 선망의 대상이었을 것이다.

하지만 승무원들의 비행 일과를 자세히 살펴보면 정말 힘든 일임을 알 수 있다. 가만히 앉아 있기만 해도 힘든 비행기 안에서 계속해서 움직이며 음료와 음식을 서빙하고 동시에 고객들의 요구에 응대해야 한다. 좁은 복도를 왔다 갔다 하고, 허리를 구부려 이야기를 들어주고, 높은 곳에 짐을 올려놓기도 한다.

우리나라 항공기의 승무원들은 모두 호리호리하고 날씬한 젊은 여성들이 대부분이지만 외국 항공기는 몸집이 크고 건장한

승무원들도 많이 볼 수 있었다. 예전에 비하면 남성 승무원들도
꽤 많이 늘어난 것 같다.

　당연하다고 생각되는 승무원들의 서비스에 늘 감사한 마음을
가지고, 비행기에서 내릴 때 고맙다고 정중한 인사를 하는 것이
나는 즐거운 여행의 시작이 된다고 믿는다.

11

혼자서도 안전하게 여행하는 법

내가 혼자 여행할 때 다른 것보다 가장 신경 쓰는 것은 바로 '안전'이다.

우리나라는 워낙 치안이 잘되어 있지만 몇몇 나라의 경우 혼자 다니는 외국 여행객에게는 위험한 곳이 아직도 많다. 그래서 많은 이들이 여럿이 함께 다니는 패키지여행을 선호하는 것이다.

건장한 성인 남자인 나조차도 혼자 여행을 다닐 때는 늘 주변을 경계하게 된다. 특히 치안이 안 좋은 나라는 10분 정도만 거리를 걸어봐도 그 분위기를 느낄 수 있다.

꼭 무서운 강도나 괴한이 아니더라도 요즘 같은 세상에서도 소매치기가 활개 치며 물건을 파는 척 돈을 빼앗기도 한다. 이런 이유로 당연히 여행지에 처음 도착했을 때는 누구라도 잔뜩 긴장하게 된다.

택시를 탔을 때 바가지요금을 씌우거나 큰돈을 냈는데 잔돈을 거슬러주지 않거나, 작은 가게에서 물건을 강매하는 경우는 너무나 흔하다. 그래서 나는 잔돈을 항상 준비해 다니고 지갑은 보조 가방 안쪽 깊숙이 넣어서 다닌다.

요즘은 여행자보험이 워낙 잘되어 있어 꼼꼼하게 따져보고 여행자보험을 드는 것도 필수요소라고 생각한다.

그리고 사람이 드문 골목길을 밤늦게 걸어 다니는 것도 위험

하다. 대로변을 따라 걷는 것이 좋다.

　반대로 사람이 너무 많아 발 디딜 틈 없는 혼잡한 거리에서는 소매치기를 조심해야 한다. 특히 동남아시아는 자전거나 오토바이로 사람을 치고 돈을 빼앗아 가는 일도 많으므로 인도 안쪽으로 조심히 다녀야 한다.

　무엇보다 '안전'이 중요하다. 내 몸은 내가 지키고 불필요한 짐을 최소화하고 정신을 똑바로 차리고 여행을 시작하자.

12

동남아시아의 다양한 문화를 즐기다

한국인이라면 대부분 가장 쉽게 떠올리는 해외 여행지가 동남아시아의 여러 나라들이다. 그중에서도 도시여행보다 물놀이를 즐기며 휴양지에서 쉬고 싶다면 태국, 베트남, 인도네시아 등의 더운 나라를 생각하게 된다.

내가 동남아시아 중 가장 먼저 가 본 곳은 베트남이었다.

지도에서 베트남을 찾아보았는데 바나나 모양으로 길게 뻗어 있는 땅 모양이 참 재미있다고 느꼈다.

많은 이들에게 휴양지로 각광받는 다낭에서 물놀이를 즐기고 호찌민까지 20시간 고속버스를 타고 가기도 했다. 첫 동남아 여행이었는데 용감하면서도 무모한 선택이었다는 생각이 든다.

베트남 다낭

재미있는 여행이었지만 한편으로는 후회하기도 했다. 너무 덥기도 했고 무섭기도 했고 외롭기도 했다.

다음으로 간 동남아 여행지는 인도네시아였다.

아시아의 끝인 인도네시아는 그 나라만의 특색이 있다기보다는 다양한 인종과 다양한 나라의 문화를 경험할 수 있는 곳이라고 느껴졌다. 내가 갔던 인도네시아의 수도 자카르타는 차가 정말 많이 막히고 어딜 가든 빽빽한 빌딩 숲으로만 이뤄져 있었다.

한적하게 자연을 즐길 수 있었던 베트남에 비하면 너무 답답하기만 해서 아쉬웠다. 다음엔 꼭 발리를 가 봐야겠다고 결심했던 것이 인도네시아 여행의 유일한 기억이다.

인도네시아 자카르타

　가장 기억에 남는 여행지는 태국이었다.

　방콕의 카오산 로드에서 '송크란'이라는 물 축제에 우연히 참여하게 되었다. 송크란은 태국의 전통 달력에서 정월 초하루에 해당하는 날인 4월 13일에 열리는 축제인데, 불운을 씻고 복을 기원하는 의미로 서로에게 물을 뿌리는 물 축제로 유명하다.

　그때만 해도 해외여행을 가면 조용히 혼자 다니기만 했는데, 송크란 덕분에 처음으로 사람들과 어울려 신나게 놀게 되었다.

　특히 아이들이 쏘는 물총은 시원하기도 했고 기분도 좋았다. 물세례를 많이 받으면 복이 더 많이 들어온다고 하니 열심히 물총을 맞았다. 그렇게 홀로 하는 여행에 조금씩 적응해 갔다.

태국 '송크란' 물 축제

13

이제 시작되는 진정한 나 홀로 여행

열세 살에 호주로 유학을 떠난 이래 지금까지의 외국 생활, 유학 생활을 떠올려 보는 건 거의 20년 만에 처음이다.

어린 나이에 외국에 나가 살면서 느꼈던 낯섦과 외로움, 그렇게 힘들었던 시간도 지나고 보면 다 좋은 추억이었음을 이제야 알게 되었다.

사실 나는 기억력이 그리 좋은 편이 아니다. 하지만 놀랍게도 10년 전, 15년 전 여행지에서 있었던 순간들이 문득문득 내 눈앞을 스치듯 떠오른다.

열일곱 살의 어린 나이에 가이드의 빨간 깃발을 따라 줄줄이 걸어갔던 싱가포르 패키지여행의 한 장면, 인도 타지마할에서 낯선 사람에게 사진을 찍어 달라고 부탁했던 일, 유난히 미소가 예뻤던 스튜어디스의 얼굴까지 마치 어제 일처럼 기억난다.

여행이 좋은 이유는 해야만 하는 일들, 늘 반복되는 일상과 다른 시간을 보낼 수 있기에 가능한 것 같다.

'그래. 그렇다면 어디서든 여행자의 마음으로 살아보자.'

다만 한 가지 아쉬운 점이 있다. 여행을 다닐 때마다 그때 보았던 것들, 느꼈던 것들, 경험했던 것들을 기록해 놓았다면 얼마나 좋았을까…. 이 부분이 가장 속상하다.

이제라도 늦지 않았다. 지금부터는 꼭 나의 여행을 기록해야겠다고 마음먹었다. 일기같이 평범한 글이라도 좋다. 그냥 내가 느꼈던 감정에 솔직해지는 시간, 그 시간이 무엇보다 나에게 중요하다.

나는 전문 작가도 아니고 경험이 많은 것도 아니다. 그림 그리기를 좋아하고 혼자 여행을 다니며 세상에 나가기를 준비하는 사회초년생일 뿐이다.

다만 나에게는 아직 도전하고자 하는 의지가 있고 새로운 것을 보고 듣고 경험하고자 하는 희망이 있다.

이러한 결심을 한 이후, 2023년 일본과 태국 여행을 다녀왔다. 이 두 여행이 내가 여행 일지를 쓰겠다고 맘먹고 하게 된 첫 여행이었다. 소소하지만 여행지마다 느꼈던 것들을 가감 없이 메모장에 기록했다.

그리고 여행을 다녀온 후 다시 꺼내 읽고 정리해 본다. 글을 읽는 순간 나는 다시 한번 그곳으로 시간 여행을 한다.

일본은 가깝고도 먼 나라다. 북쪽의 북해도, 가운데 도쿄가 있는 혼슈와 세토 내해를 사이에 둔 시코쿠, 그리고 남쪽을 건너면 규슈가 나온다. 우리나라와 가장 가까워 접근성이 좋고 우리나라처럼 아름다운 사계절을 가지고 있는 것이 장점이다. 우리보다 약 4배나 큰 국토를 갖고 있으며 여러 개의 섬으로 이루어져 지역마다 이색적 문화와 자연을 경험할 수 있어 여행의 즐거움이 큰 곳이라고 할 수 있다.

Part 3

일본이야기

일본을 걷는다

- 김동현

오사카 도심의 화려한 네온사인 뒤에
감춰진 따스한 미소
그 속에 도시의 자유로움이 깃들어 흐른다

시간을 담아놓은 듯 천천히 흘러가는
교토 사원의 유려한 정취
역사의 고요함이 감동을 안고 숨죽여 묻어난다

오사카와 교토의 이색적 문화와 자연
그 속에 녹아든 여행의 즐거움
내게는 마치 한 편의 시처럼 펼쳐지고

오늘도 나는 마음의 평화를 담아
가깝고도 먼 나라 일본을 걷는다

01

무작정 떠나고 싶을 때 생각나는 그곳

사람마다 여행하는 스타일은 다 다르다. 몇 달 전부터 정보를 찾고 철저히 계획하고 준비해서 여행하는 사람도 있고, 그냥 시간 될 때나 여행이 너무 하고 싶을 때 갑자기 어디로든 떠나고 싶어 하는 사람도 있다.

나는 두 가지 스타일이 다 존재하는 사람인데 가끔 무작정 여행이 하고 싶어질 때는 그래도 나에게 익숙한 곳, 편안한 곳을 찾게 된다. 그곳이 바로 일본의 오사카다.

오사카가 좋은 이유? 한국인 관광객이 정말 많고 한국어로 된 간판이나 메뉴도 많아서 여행이 참 편하다는 점이 첫 번째로 떠오른다.

사실 이 부분은 장점도 되고 단점도 된다. 너무 한국 시내 거리 같아서 여행 온 것 같지 않다고 하는 이들도 많다.

하지만 분명 우리나라가 아닌 낯선 곳인데도 불구하고 우리 동네처럼 편안함을 느끼게 하는 거리와 문화가 있다는 것 자체가 나에겐 묘한 장점이 된다.

두 번째 장점은 도쿄처럼 대도시임에도 불구하고 답답하거나 바쁜 느낌이 나지 않는다는 것. 쇼핑몰도 많고 도심에 유명 관광지가 몰려 있어 사람들도 많은 편이지만 뭔가 고즈넉한 분위기가 느껴진다. 시끄럽지 않고 사람들도 다 차분해 보인다.

일본 오사카 거리

나는 공항에서 내가 묵는 숙소까지 전철이나 버스 등 대중교통을 타고 가는 것을 좋아한다. 그 나라, 그 지역의 사람들을 먼저 만나보고 싶기 때문이다.

　오사카 공항에서 난바까지 전철을 타면 1시간 10분 정도 걸리고 중간중간 정차역도 꽤 많다. 그래서 사람들을 유심히 관찰하게 되는데 일본인들은 정말 조용하다. 그나마 대화하거나 부스럭 소리를 내는 사람은 나 같은 관광객처럼 보였다.

　화려하고 볼거리 많은 대표 관광 도시지만 왠지 조용하고 편안하게 느껴지는 곳, 나에게 오사카는 그런 곳이다.

02

없는 게 없는 현대인의 만물상, 자판기

　누구나 일본에서 여행하면 곳곳마다 놓여 있는 수많은 자판기를 보게 된다. 공원이나 유원지, 도심 상가는 기본이고 아파트 단지 안이나 주차장, 공중 전화박스 등 자판기가 없는 곳이 없다고 느껴질 정도이다. 관광지의 주차장에 10개 가까이 줄지어 있는 자판기들을 보면 편의점을 그대로 옮겨놓은 것 같다는 착각이 들기도 한다.

　자판기 수만큼이나 음료수의 종류도 정말 다양하다. 기본적인 커피나 생수, 이온 음료, 탄산음료, 녹차까지 골라 먹는 재미가 있다. 특히 우리나라와 비교했을 때 녹차의 브랜드와 종류가 무척 다양하다. 예전에는 녹차는 그냥 쓰고 떫은 맛이 난다고 생

각했는데 일본에서 접한 녹차는 좀 더 진한 맛, 일반적인 맛, 연한 맛 등으로 나뉘어져 있다. 녹차, 현미차, 호지차 등등 종류도 다르고 녹차라떼도 있어서 좋다.

또 하나 즐겨 마시는 일본의 음료수는 레몬 음료다. 레몬이 든 탄산수, 레몬차, 레모네이드 등 톡 쏘는 상큼함이 참 좋다.

아이스크림 자판기도 자주 이용한다. 아이스크림 자판기는 아직 우리나라에서는 많이 찾아볼 수 없어 일본에 가면 재미로라도 아이스크림을 자판기에서 자주 사 먹는다.

태국이나 동남아시아에서는 노점상에서 직접 짜거나 만든 과일 주스를 많이 사 먹게 되고 한국에서는 주로 편의점을 이용하는데, 일본에서는 편의점보다도 자판기를 자주 이용한다.

일본의 자판기야말로 가장 기술이 집약되어 있고 실용적이고 편리한 판매 방식이 아닌가 싶다.

여행의 추억은 향기를 남기고…

　오사카는 치안이 잘되어 있고 호스텔이나 게스트하우스도 깔끔하게 잘되어 있어 혼자 여행하기 좋은 곳이다.

　동남아시아 등의 휴양지는 가족 단위로 갈 수 있는 호텔 위주로 되어 있어 1인 여행객이 묵을 수 있는 숙소가 많지 않은 편이다. 유럽은 워낙 오래되고 낡은 숙소도 많아 잘 골라야 한다. 하지만 오사카는 어디든지 깨끗하고 정돈도 잘되어 있다.

　일본의 호스텔도 종류와 가격에 따라 천차만별이다. 그래도 기본 수준이 다 좋은 편이다. 보통 4인 1실, 6인 1실로 방을 쓰고 휴식하거나 간식을 먹을 수 있는 휴게실이 따로 있어 거의 모든 시설이 공용으로 쓰게 되어 있다.

혼자 여행하다 보면 어느 순간 문득 외로움을 느끼게 된다. 그럴 때 이런 호스텔이나 게스트하우스의 휴게실에서 만난 외국인과 자연스럽게 대화를 나누며 친구가 되기도 한다.

호스텔을 정할 때 내가 가장 중요하게 생각하는 것은 호스텔 특유의 향기다. 호스텔마다 각각의 향기를 지니고 있기 때문이다.

어느 호스텔에 들어갔는데 로비에서 깨끗하고 상쾌한 나무 냄새가 나는 곳이라면 나는 방을 보지 않고도 그곳을 선택할 수 있다. 반면 퀴퀴한 냄새가 나거나 지저분한 곳이라면 당연히 별로일 테고, 간혹 방향제 냄새가 너무 짙게 나는 곳도 피하게 된다. 방향제로 오래된 냄새를 그냥 가려버리려는 것 같은 느낌이 오히려 싫기 때문이다.

한번은 도쿄의 호스텔에서 이런 종류의 끔찍한 경험을 했다. 로비와 외관만 깔끔하고 내부는 너무 오래되고 불결했으며 곳곳이 쓰레기와 음식물 냄새로 가득했다. 지금도 그 냄새가 또렷이 기억날 정도이다.

여행은 여러 가지 추억을 남기지만 향기의 기억도 남긴다.

빳빳하게 햇볕에 잘 말린 침구 냄새, 은은한 나무 냄새, 호텔 특유의 청결을 나타내는 적당한 세제 냄새까지 이 모든 냄새가 내 여행의 좋은 추억 한 페이지를 완성한다.

04

아이엠 그라운드 재미개하기

혼자 하는 여행의 가장 큰 묘미는 친구가 생긴다는 점이다.

생각해 보면 참 아이러니한 일이다. 가족이나 친구와 여행할 수도 있는데 굳이 혼자 여행을 고집해 놓고 여행하다 외로워져 친구를 찾게 되니 말이다. 여행 중에 만난 낯선 친구는 마치 여행 중의 여행 같은 것이라고 생각한다.

외국을 며칠간 여행하다 2, 3일쯤 지나면 여행은 또 다른 일상이 된다. 신기하고 이국적인 외국의 풍경과 맛있는 음식들이 슬슬 지루해지면 친구가 생각난다. 일상적인 이야기를 나누고 지금 먹은 음식의 맛을 공유하고 싶어진다.

여행지에서 우연히 만나거나 혹은 낯선 이에게 말을 걸어 친구가 될 수도 있지만, 역시 혼자 여행할 때 친구를 가장 쉽게 사귀는 방법은 호스텔의 휴게실을 통해서이다.

호스텔은 거의 다 나 같은 1인 백패커backpacker 여행자들이 주로 이용한다.

잠을 자고 싶고 아무에게도 방해받고 싶지 않은 이들은 침대에 누워 있을 것이다.

반면 널찍한 휴게실 테이블 앞 의자에 앉아 있다면 나처럼 누군가와 가벼운 대화를 나누고 싶은 이들이다. 그럴 때 조금만 용기를 내 말을 걸면 쉽게 친구가 될 수 있다.

오사카의 호스텔에서 만난 외국인들은 셀 수 없을 정도로 많다. 호주, 뉴질랜드, 영국, 미국에서 온 서양인도 있고 대만이나 중국 관광객도 많은 편이다.

나는 생각보다 적극적으로 대화를 이어 나가는 편인데 특히 질문을 많이 한다. 먼저 간단히 내 소개를 한다. 그리고 상대방의 이름과 어디에서 왔는지를 묻는다.

하지만 너무 사적인 질문은 하지 않는다. 간단하게 일본의 어디를 여행했는지, 어디가 좋았는지, 앞으로 어떤 여행 계획이 있는지를 묻는다. 처음부터 다짜고짜 결혼, 나이, 직업 등 개인 정보를 묻는 것은 실례일 수도 있다.

생면부지 낯선 사람들끼리 자연스럽게 대화를 이어 나갈 수 있는 이유는 우리가 같은 여행자라는 점, 그리고 지금 이 시간 오사카에 있다는 점일 것이다. 그 두 가지가 유일한 공통점이자 대화거리다.

가끔은 비슷비슷한 이야기만 반복하는 것이 좀 지루할 때도 있다. 특히 여럿이 둥글게 앉아서 얘기할 때는 매번 같은 질문을 다시 할 때 좀 쑥스럽기도 하다.

이럴 때는 혼자 상상하곤 한다. '아이엠 그라운드 자기소개하기' 게임을 알려줘서 각자 돌아가며 간단한 자기소개와 여행 이야기를 해 보는 상상 말이다. 상상 속 외국인들은 서툰 우리말로 자기 이야기를 하고…. 상상만으로도 재밌다!

아이엠 그라운드 자기소개하기

05

일본에서 외국 사람에게 한국 자랑

여행 3일 차쯤 되고 같은 숙소에 묵고 있다면 뭔가 일상의 편안함 같은 것이 느껴진다. 그리고 내 인상착의나 걸음걸이도 조금씩 달라진다.

여행 첫날은 바짝 긴장해서 가방을 움켜쥐고 주변을 경계하며 두리번거리고 어깨를 잔뜩 움츠리고 걷는 반면, 3일째 되는 날은 편한 트레이닝복과 슬리퍼 차림에 어슬렁어슬렁 동네 산책하듯 걷게 된다.

특히 서양인들은 일본인, 중국인, 한국인을 잘 구분하지 못해서 나에게 길을 묻거나 질문을 하는 사람들도 가끔 있다.

호스텔에서도 여럿이 앉아 여행객끼리 대화를 나눌 때가 있는데 서양인이 많을 때는 주로 나에게 이것저것 묻는다. 그렇게 나도 잘 모르는 오사카의 구석구석에 대해 내가 대답을 해 주는 경우가 많은 편이다. 그동안 내가 일본에 몇 번 와본 덕도 있지만 서양인들은 기본적으로 일본과 한국은 가까운 나라이기 때문에 비슷한 문화나 맥락이 있을 것으로 생각하는 것 같다.

또 한번은 여럿이 앉아 오사카와 교토 여행에 대해 한참 얘기하던 중에 나에게 질문이 쏟아진 적도 있었다.

한국은 어떤 나라인지? 한국에 여행을 간다면 어느 도시를 추천하는지? 한국에 여행 가서 꼭 사와야 하는 기념품이나 특산품은 무엇인지? 등을 물어보았다.

그때 나는 내가 마치 한국의 홍보대사라도 된 것처럼 좋은 곳들을 많이 소개해 주었다.

먼저 일본 여행 중 어디가 좋았냐고 물어본 후 오사카나 도쿄를 좋아하는 외국인들에게는 서울을 추천하고, 교토 같은 한적한 곳을 좋아하는 이들에게는 경주나 부여 등의 유적지를 추천하였다. 그리고 그들이 묻지도 않았는데 내가 먼저 자랑한 것이 있었다.

"우리나라 대한민국은 무척 안전하다. 치안이 잘되어 있고 소

매치기나 도둑이 거의 없어서 다른 나라보다 편안하게 여행할
수 있는 것이 큰 장점이다."

생판 모르는 외국인들에게 열변을 토하다 보면 내가 정말로
애국자라도 된 듯 마음이 뿌듯해진다.

혹시라도 내가 추천해 한국으로 여행 온 외국인이 있다면 너
무나 행복할 것 같아서, 나는 지금도 명동이나 인사동에서 우연
히 외국인 관광객을 보면 전에 내가 만났던 친구들은 아닐까 싶
어 슬쩍 보기도 한다.

06

지길 앤 해이드? 누가 진짜 나일까?

그 사람의 참모습을 보려면 함께 여행해 봐야 한다는 말이 있다. 여행을 함께할 때 무조건 즐겁고 행복한 일만 있을 수는 없기 때문일 것이다.

여행에서 부딪치는 크고 작은 문제들을 어떻게 해결할지 각자 방법이 다를 테고, 몸이 지치고 피곤할 때 본성이 드러나기도 할 테고, 같이 자고 먹고 생활해 봐야 그 사람의 진짜를 알기 쉽다는 뜻이기도 하다.

나는 가끔 나 홀로 여행에서 나의 진면목을 스스로 발견한다. 그런데 이런 내 모습이 진짜인지 가짜인지 헷갈릴 때가 있다. 예를 들면 이런 것이다.

평소 집에 있을 때 나는 게으른 편이다. 누워 있는 시간도 많고 귀찮아서 아무것도 하고 싶지 않을 때가 많다.

하지만 여행만 가면 나는 부지런쟁이가 된다. 일찍 일어나고 많이 걷고 많이 경험하려 노력한다. 이런 소소한 것들은 여행에서는 시간이 한정되어 있으니, 하나라도 더 보고 경험하려고 하는 것으로 이해할 수 있다.

내가 무엇보다 스스로에게 놀라는 점은 타인을 대하는 나의 태도이다. 여행 중에 나는 용감해진다.

모르는 사람들에게 말도 잘 걸고 질문도 잘한다. 길을 걷다 맞은 편에서 걸어오는 외국인 여행객에게 "Hey!" 큰 소리로 인사를 건네기도 한다. 가끔 내 목소리가 너무 커서 나 스스로 놀랄 때도 많다.

그리고 잘 웃는다. 평소 좀 소심하고 내성적인 편이라 주변에서 잘 웃지 않는다는 말을 듣기도 하는데, 어찌 된 일인지 여행만 가면 항상 웃고 다닌다. 이상한 건 특별히 웃긴 일이 있지도 않은데 웃음이 나온다는 것. 그냥 여행에서 만나는 모든 게 신기하고 재밌어서 자꾸 웃음이 난다.

자, 그렇다면 어떤 모습이 내 진짜 모습일까?

나 자신도 궁금하다. 나는 쾌활하고 적극적인 사람일까, 부끄럼 많고 소극적인 사람일까.

일상의 모습과 다른 내 모습을 여행에서 발견할 때면 내가 마치 연극이나 영화의 주인공이 된 느낌이다.

이 문제에 대해 오랫동안 생각해 봤는데 결론을 내지 못했다.

이런들 어떻고 저런들 어떻겠는가. 어디서든 나는 나다.

다만 이런 또 다른 내 모습을 내 마음 깊은 곳 기억 창고에 깊이 간직하고 싶다. 그래서 내가 꺼내쓸 수 있을 때 마음껏 쓰는 가면처럼 꺼내 써 보고 싶다.

07

나의 사랑 오코노미야키

　나는 여행의 반은 음식이라고 생각한다. 맛있는 음식을 찾아 여행을 떠난다고 해도 과언이 아니다.

　특히 오사카의 음식들은 정말 다양하고 내 입맛에도 맞는다. 그래서 굳이 맛집을 찾고 유명한 집에 한참 줄을 서지 않더라도 어디서든 웬만하면 맛있는 음식을 먹을 수 있다.

　내게 오사카에서 즐겨 먹는 음식을 꼽으라 하면 한두 개가 아니다. 타코야키, 오코노미야키, 소바, 야키니쿠, 오뎅탕, 우동, 초밥 등등.

　그런데 이 중에서 절대 빼놓을 수 없고 딱 한 가지 음식만 먹을 수 있는 상황이라면 나는 주저 없이 오코노미야키를 선택한다. 즉 오코노미야키가 내가 가장 좋아하는 일식(日食)이다.

오코노미야키는 밀가루 반죽에 고기나 해산물을 넣고 야채를 넣어 철판에 구운 오사카의 대표 요리이다. 우리나라의 빈대떡처럼 기름에 튀기듯 굽는데 훨씬 더 두껍고 양배추가 듬뿍 들어가며 삼겹살, 오징어, 새우 등등 다양한 육류와 해산물로 풍미를 더한다. 무엇보다 하늘하늘 춤추듯 흩날리는 진한 감칠맛의 가쓰오부시와 새콤달콤한 우스터소스, 고소한 마요네즈를 듬뿍 올려 먹는 맛이 일품이다.

'오코노미'라는 말뜻이 '취향'이라고 한다. 한 마디로 내 취향에 맞는 재료를 이것저것 넣고 구운 요리라는 뜻이다. 나는 특별히 선호하는 취향의 재료는 없고 오코노미야키라면 웬만하면 다 맛있다.

특이하게 오사카 특산물로 야키소바 면을 넣어 만든 오코노미야키도 일품이었다. 나는 난바역 근처와 치보 도톤보리 근처 등등 오사카 시내의 웬만한 오코노미야키 집을 다 꿰뚫고 있어 골라 먹는 재미가 있다.

여행 중 나의 음식 취향에 대해 생각해 보게 되었다. 같은 도시를 몇 번씩 갈 때는 새로운 음식에 도전하기보다 한번 먹어 보고 맛있었던 음식을 다시 찾게 되는 경우가 더 많았다. 마치 엄마의 김치찌개나 우리 동네의 단골 돼지갈빗집을 찾듯이 여행 중에도 익숙한 맛을 찾게 된다.

　다음엔 꼭 새로운 음식에 도전해 봐야지 결심해 보지만, 오늘도 나는 오사카 치보에서 먹었던 오코노미야키의 맛을 떠올리며 입맛을 다시고 있다.

일본에서 즐겨 먹었던 음식들(맨위 왼쪽 사진부터 오야코동 정식, 카츠동, 규카츠, 오코노미야키)

08

화려함과 아기자기함의 공존

오사카에서 가장 화려한 곳은 도톤보리다. 최고의 맛집 거리이기도 하고 반짝이는 간판들과 바글거리는 사람들 사이를 걷다 보면 내가 오사카 여행을 왔구나, 실감하게 된다.

도톤보리는 강이 길게 지나고 있는데 청계천보다는 크고 한강보다는 좁은 강변이다. 유람선이 둥둥 떠다니고 배에서는 쿵짝짝 흥겨운 음악이 연신 울려 퍼진다.

도톤보리에서 가장 유명한 간판은 '글리코'다. 24미터 높이의 식품회사 홍보 간판으로, 마라토너가 도톤보리에 골인하는 모습이 그려져 있다. 이곳의 랜드마크라 해도 과언이 아니다.

그런데 이 간판이 온전히 다 나오도록 사진 찍는 것이 여간해

선 쉽지 않다. 주변이 항상 인파로 북적대어서 사진을 찍다 보면 사람에 가려지기 일쑤다.

오사카의 화려한 야경을 제대로 즐기고 싶다면 우메다역 근처 공중정원으로 가는 것이 좋다.

공중정원에 가 보면 왜 이름이 공중정원인 줄 곧바로 알 수 있다. 두 빌딩 사이에 걸쳐 있어서 마치 정원이 공중에 떠 있는 것처럼 보인다. 공중정원에서 바닥 쪽을 내려다보면 오사카의 수많은 건물의 야경이 마치 반짝반짝 별이 빛나는 것처럼 느껴진다.

오사카에는 멋진 곳, 좋은 곳이 많지만 내가 가장 좋아하는 곳은 단연 아기자기한 정겨운 골목길이다.

우메다 스카이빌딩 공중정원

화려한 길을 벗어나 숙소를 찾아 헤매다 보면 골목을 들어가게 되는데, 일본 사람들의 소소한 생활 모습을 골목 구석구석에서 만나볼 수 있다.

담벼락에 비스듬히 기대어 있는 자전거, 베란다에 널린 빨래들, 50년도 넘은 노포의 간판, 골목 한쪽에 웅크리고 있는 길고양이…. 모두가 내가 사랑하는 오사카의 풍경이다.

오사카의 골목길

09

교토 아라시야마 대나무숲

일본에서는 버스나 택시를 탄 적이 거의 없다. 내가 가장 많이 이용하는 교통수단은 전철이나 기차다.

특히 오사카-교토-나라 이렇게 세 도시들을 연결하는 기차 노선을 참 좋아한다. 기차가 빠르고 안락하기도 하고 그곳의 공기와 풍경 또한 좋다.

나는 오늘 오사카에서 교토의 한 지역인 아라시야마에 가기로 했다. 호스텔을 출발해 우메다역에서 하차한 후 아라시야마로 가는 전철을 알아보기로 했다.

아라시야마로 가기 위해 한큐선을 타기로 하고 오사카 우메다역을 출발해 교토 가쓰라역에서 환승한 다음 아라시야마에 도착한다.

이렇게 여러 번 갈아타야 한다면 한국에서는 짜증이 났을 텐데 여행에서는 이런 경험조차 색다르고 즐겁게 느껴진다.

아라시야마역은 오사카와는 확실히 다른 분위기이다. 외국인 관광객들도 많았지만, 현지인들도 많이 보였다. 역 주변에는 운치 있는 마을과 광장이 보였다.

천천히 이정표를 따라가며 아라시야마 대나무숲으로 향했다.

한국에 담양 죽녹원이 있듯이 일본에는 교토 죽녹원이 있다. 아라시야마 대나무숲을 처음 봤을 때 그 고요함과 그 싱그러움과 그 올곧아 보이는 대나무의 카리스마에 온 정신을 빼앗길 정도로 충격을 받았다.

그곳에 다른 소음은 없었다. 대나무숲 옆을 지나는 냇물 소리, 바람에 흔들리는 대나무 소리가 전부였다.

대나무숲을 돌아보고 벚꽃을 보고 녹차를 마시고 천천히 혼자 돌아보는데 1시간 반이 걸렸다. 그 이후로도 마을을 둘러보고 한국인 관광객들에게 유명한 카페도 가 보고 기념품 가게도 둘러보며 오후 내내 시간을 보냈다.

일본 여행을 한 이후로 가장 많이 걸었던 날이 아니었을까 싶

교토 아라시야마 대나무숲

다. 그만큼 힘들었지만 걷고 싶은 곳이었다.

특히 그곳에서 본 오렌지빛 노을을 잊을 수 없다.

초저녁이었는데 너무나 영롱한 색의 노을이 마을 어귀로 내리고 있을 때, 내 상상 속에서는 사람은 하나도 보이지 않았다. 아무도 살지 않고 있는 것처럼 조용한 마을 풍경이 내 눈 앞에 펼쳐지는 듯했다.

그날의 풍경은 아직도 내 가슴 한편에 남아 있다.

10

마음이 경건해지는 교토의 신사들과 금각사

이번 교토 여행에서 특히 가고 싶었던 곳은 아라시야마, 청수사, 금각사였다.

모두 교토역에서 버스로 이동이 가능한 곳이었다. 교토역에서 탈 수 있는 시내버스는 무척 다양하다. 이곳저곳 다니는 것이 편리하기도 하고 저렴하기도 해서 1일권을 구매했다. 교토역에서 금각사까지는 약 40분 정도 소요된다.

일본 사람들은 산이나 들, 강, 돌, 음식, 옷 등 세상 모든 것에 신이 있다고 믿는다. 이런 신을 모시는 곳이 바로 신사다.

일본 전체에 8만 개가 넘는 신사가 있다고 하는데 사실 우리 같은 관광객이 신사와 사원을 구분하기는 쉽지 않다. 구분하면 또 무슨 의미가 있으랴.

그곳을 찾는 이들은 누구나 다 경건하고 조심스럽게 행동하며 누군지 모를 신에게 가족의 건강과 복을 빈다. 나 역시 마찬가지다.

금각사는 이름 그대로 온통 금옷을 입고 있었다. 손바닥만 한 얇은 금박을 무려 20만 장이나 입혀서 완성했다고 한다. 그런데 이렇게나 화려한 금각사에는 사연이 있었다.

70년 전쯤 이 절의 수도승이 금각사에 불을 질러 사찰 대부분이 타 버린 것. 금을 다시 입히려니 돈이 많이 들어 엄두를 못 내고 있을 때, 교토 시민들이 모금 운동을 벌여 돈을 모았고 그 후 지금의 금각사가 다시 지어졌다는 것이다.

가슴 아픈 사연이 있다고 생각하니 같은 곳이지만 뭔가 달리 보였다.

교토의 한 고요한 신사

교토역 맞은편, 교토타워

11

고즈넉한 풍경, 나라 이야기

나라는 오사카나 교토에 비하면 아주 작은 도시다. 8세기경 꽃을 피웠던 일본의 수도여서 그런지 고즈넉한 풍경을 그대로 가지고 있고 자연과 역사를 동시에 만날 수 있는 곳이다.

나라 여행을 가기 전 추천 여행지를 살펴보았다. 세계 최대 목조 사찰을 만날 수 있는 도다이지, 나라 지역에서 가장 번화한 곳인 산조도리, 유서 깊은 불교사원을 볼 수 있는 고후쿠지와 가스가 신사, 귀여운 사슴을 만날 수 있는 사슴 공원 등이었다.

나는 목조 사찰인 도다이지가 궁금했고 귀여운 사슴을 만나는 사슴 공원도 가 보고 싶었다.

오사카 난바역을 출발해 나라역에서 내렸다. 교토와는 또 다른 느낌의 시골 풍경이 펼쳐졌다.

교토가 경주처럼 화려한 문화유산이 느껴지는 곳이라면 나라는 조금 더 한적한 시골의 느낌이다. 나라는 그냥 걸어 다녀도 될 만큼 작은 도시였다. 물론 역 주변은 기념품 가게와 카페, 식당들이 주르륵 늘어서 있어 다른 관광지와 비슷하게 붐볐다.

맨 처음 찾은 곳은 도다이지. 도다이지는 입구부터 검은색 기와가 눈에 띄며 웅장한 목조건물로 나의 시선을 압도했다.

도다이지의 대불전은 8세기 중반 나라 시대에 창건되었다가

나라현 나라시에 위치한 도다이지

그 후 두 번의 화재로 다시 지어졌다고 한다. 이곳은 세계 최대의 목조 불당이다.

우연히 여행 사진 중에서 거대한 대불전과 대불 앞에 선 자그마한 사람들을 보고 그 규모에 놀란 적이 있는데 실제로 보니 그 위용이 더욱더 대단하게 느껴졌다.

화재로 소실된 후 1709년에 재건되었다고 하는데 이렇게나 육중한 지붕을 받치고 있을 수 있던 그 당시의 건축술이 대단하다는 생각이 들었다.

12

사슴과 함께 한 하루

사찰 주변의 큰 호숫가를 천천히 산책하고 바로 사슴 공원으로 향했다. 사실 도다이지를 찾은 이유는 사슴 공원과 함께 있기 때문이다. 나는 동물을 워낙 좋아하고 특히 나라의 사슴은 꼭 보고 싶었다.

이곳에서는 우리에 갇힌 사슴이 아니라 공원 내에 옹기종기 모여 있는 사슴들을 아주 가까이에서 볼 수 있다.

사슴에게 먹이를 주고 싶다면 센베이(일본 과자)를 사서 줄 수 있다. 동물을 좋아하기는 하지만 겁이 많기도 한 나는 처음엔 사슴에게 바로 다가가지 못했다.

특히 표지판에 센베이를 손에 든 순간 마구 달려드는 사슴들도 있고 물고 때리고 들이받고 돌진할 수 있으니 주의하라는 경고문이 적혀 있어서 더 긴장되었다.

그래서 센베이의 포장지를 조심스럽게 뜯고 사슴이 너무 많지 않은 곳으로 갔다. 두 마리가 함께 있는 것을 보고 그쪽으로 다가가 주머니에서 센베이를 하나 꺼내 건네보았다.

두 마리는 내가 준 센베이를 잘 받아먹었다. 몇 개를 주다 보니 센베이가 금방 없어진다. 주머니에도 없고 손바닥에도 없다. 빈 손바닥을 보여줬더니 사슴은 놀랍게도 이내 나에게서 관심을 돌렸다. 사슴이 이렇게나 똑똑할 수 있을까, 신기했다.

사슴과 더 친해지고 싶었다. 그래서 센베이를 몇 봉지 더 샀다. 이번에는 다른 사슴에게 줬는데 이 사슴은 아까의 사슴들보다 좀 더 애교가 많았다. 자꾸 나에게 기대며 과자를 더 달라는 듯 비벼댔다. 그렇게 꽤 오랜 시간을 사슴과 함께 보냈다.

동물을 철창 사이로 그냥 보기만 하는 것과 이렇게 만져보고 음식을 줘 보는 것은 아주 다른 경험이다. 진짜 사슴과 친구가 된 기분이 들고 헤어질 때는 아쉬운 생각까지 들었다.

나라 사슴 공원에서

13

일본 전통 행운의 부적, 오마모리

모든 여행에서 기념품 쇼핑은 빼놓을 수 없는 즐거움이다. 간혹 필요 없는 물건을 무분별하게 구입해서 나중에 집에 돌아와 후회한 적도 있지만 대부분은 여행의 추억이 담겨 있어 오랫동안 그 추억을 간직할 수 있는 매개체가 된다.

내가 일본에서 사는 기념품 중 가장 많은 수를 차지하는 것이 오마모리(お守り)다. 오마모리는 구슬이나 천 주머니, 메모 같은 것으로 만든 조그만 장신구로 신사나 절에서 많이 판다. 기금을 모으는 수단이 되기도 하는데 이 오마모리를 일본에서는 행운의 부적으로 부르기도 한다.

오마모리에는 다양한 형태가 있지만, 보통은 단순하게 생긴

천 주머니와 끈으로 이뤄져 있고 그 안에 기도문이 숨겨져 있다.

나는 거의 기념품의 형식으로 구입했기에 큰 의미를 두지 않았는데, 이번에 알아보니 오마모리에도 제각각 뜻이 담겨 있다고 한다.

출세를 기원하는 오마모리, 악이나 불운을 막아주는 오마모리, 사업운이나 재물운을 주는 오마모리, 시험 합격을 기원하는 오마모리, 건강과 장수를 기원하는 오마모리 등등. 이처럼 다양한 뜻이 있으니 만약 오마모리를 구입한다면 자신이 원하는 의미가 담긴 것을 찾으면 더욱 좋을 듯하다.

행운의 부적이 대부분 그렇듯 오마모리도 구입 후 몸에 지니고 다니는 것이 더욱 의미가 있다고 한다.

　가장 재밌었던 부분은 오마모리 안에 들어 있는 기도문을 절대 꺼내보지 않는다는 점이다. 좋은 기도문이 들어있다면서 열어보면 안 된다니… 뭔가 모순적인 듯하면서도 이해가 간다. 어차피 행운은 내 안에 있는 믿음이니깐.

14

차별하지 않는다

여행을 다녀오면 한동안 여행 후유증을 앓는다. 그곳의 맛있는 음식과 이국적인 풍경, 멋진 유적지가 떠오른다.

폭신했던 호텔 침구의 감촉, 조용한 새벽 골목길을 걸을 때의 상쾌한 공기, 여행객이라는 이유만으로 눈을 맞추며 웃어주던 사람들의 모습까지 하나하나 생생하기만 하다.

그래서 여행은 여행 시간보다 그 후가 더 즐거운 것 같다. 여행의 기억을 하나하나 더듬으며 보내는 시간들이 정말 참 좋다.

그런데 일본은 다른 나라와는 다르게 그런 후유증이 좀 적다. 집 앞에 나가면 오사카에서 먹은 맛 그대로 재현하는 라멘집, 오코노미야키집이 있고 도심 풍경이나 야경도 일본과 서울이 크게 다르지 않다.

갑자기 훌쩍 떠나고 싶어지면 1박2일 정도로도 갈 수 있는 곳이 일본이기도 하다.

그래서 더 일본 여행이 즐겁다. 먼 나라, 낯선 나라라고 생각하면 다시 보지 못할 친구처럼 느껴지는데 일본은 언제든 또 만날 수 있는 친구처럼 반갑고 정겹다.

이번엔 오사카와 도쿄, 나라를 다녀왔으니, 겨울에는 북해도에 가서 삿포로 우동을 먹고 오타루의 야경을 감상하고 싶다.

이제 일본을 떠나지만 아쉽지 않은 느낌, 곧 또 만나게 될 것 같은 느낌으로 충만하다. 그래서 나는 일본과 작별하지 않았다.

도쿄 야경

오사카 도톤보리

2023년 3월 12일, 수완나품 공항에 도착했다. 이번이 나의 다섯 번째 태국 여행이다. 세상은 넓고 나라는 정말 많은데 왜 나는 다시 태국을 찾은 것일까? 태국을 떠올리면 수많은 것들이 떠오른다. 불교, 사원, 사람들의 미소, 커다란 코끼리, 더운 날씨, 시원한 바다, 맛있는 음식, 다양한 맛의 향신료, 카오산 로드, 마사지 등등. 이번 여행의 목적은 내가 왜 태국에 반했는지 그 이유를 찾아내는 여정이었다.

Part 4

태국 이야기

내가 반한 나라

- 김동현

불교의 미덕이 물결처럼 흘러가는 사원
사람들의 미소가 따뜻한 여유를 전해주고
커다란 코끼리를 타면 마음이 두근거리네

더운 날씨 속 시원한 바다의 물결
맛있는 음식과 향신료의 다채로움은
저마다의 기억 속에 새로운 이야기를 만들어 내네

언제나 나를 친절한 미소로 맞아 주는
내가 반한 나라 태국의 마지막 멋진 인사
촉디캅! Good Luck!

01

환때의 미소가 가득한 나라

예전에 내가 생각했던 태국은 휴양의 나라이다. 푸껫, 파타야 등 에메랄드빛 바다와 뜨거운 햇살, 모래사장이 먼저 떠오른다. 이렇게 태국을 여러 번 가 봤지만 이번에 태국 여행을 다시 한번 떠올린 이유는 치앙마이 때문이었다.

치앙마이는 단순히 하루 이틀 여행하는 사람들도 많았지만 한 달 살기 형식으로 살다 오는 사람들도 많았다. 그렇다면 그 작은 마을에 분명 어떤 매력이 있기 때문일 것이다.

방콕, 아유타야, 치앙마이까지 태국에서 가장 화려한 도시부터 문화유산의 도시, 가장 자연 그대로를 지닌 마을까지 탐험하는 것이 이번 여행의 목표였다.

태국에 오면 이상하게 마음이 편하다. 사람들은 친절하고 늘 웃는 모습을 볼 수 있다. 태국인들은 어떻게 이런 미소를 가지게 된 걸까?

태국 속담에 "연꽃도 상하지 않게 하고 물도 흐리지 않게 한다"라는 말이 있다. 연못에 있는 연꽃을 따려다 보면 물을 지저분하게 만들거나 연꽃도 깔끔하게 따지 못한다.

인도차이나반도의 관문이라고 할 수 있는 태국의 중심적 입지와 국경을 접한 여러 나라들과의 관계 속에서도 중심을 잘 잡고 해결해 온 태국의 모습을 이 속담에서 볼 수 있다.

이런 나라의 특성처럼 사람들도 친절과 미소를 장착해 관광객들을 환대한다.

02

싸바이 싸바이กล่าวลา

태국 여행을 하다 보면 지렁이같이 꼬부라진 태국 글자 중 몇 가지 자주 볼 수 있는 단어들이 있다. 그중 하나가 바로 '싸바이 싸바이กล่าวลา'.

이런 이름을 가진 카페와 호텔, 상점들이 꽤 많다. 한국 사람들이 제일 많이 하는 말이 '빨리빨리'라면 태국 사람들이 제일 많이 하는 말은 '싸바이 싸바이'다. 그 의미가 '천천히, 편안하게, 느긋하게'라니 우리와는 완전 반대다.

사실 전 세계인이 찾는 방콕은 슬로우 라이프를 실천하기엔 조금 어려운 도시가 된 지 오래다. 어쩌면 서울보다 더 정신없고 시끄럽고 빨리빨리 돌아가는 것 같다.

하지만 방콕을 조금만 벗어나도 한적하고 여유로운 풍경이 펼쳐지고 사람들의 모습도 달라진다.

아유타야의 작은 식당을 방문했을 때였다.

화장실 위치를 물어보는데 서로 대화가 통하지 않다가 겨우 통했을 때 주인이 굳이 나를 화장실까지 데려다주려고 해서 당황한 적이 있다. 괜히 쑥스럽기도 하고 그냥 설명만 해 줘도 충분할 텐데…. 지금 생각해 보면 친절이 몸에 배고 여유로운 마음을 가진 이들이라 가능한 일이었던 것 같다.

이러한 태국인들의 친절과 여유는 일 년 내내 따뜻한 날씨와 풍요로운 자연, 다양한 먹거리 때문이 아니었을까 싶다. 태국 사람들은 예로부터 자신의 것을 남에게 나눠주는 것에 인색하지 않았다고 한다.

여행하다 보면 여유를 가지고 천천히 즐겨야지 생각하다가도 가끔 시간에 쫓기게 빡빡한 일정을 짜 놓고 안절부절못할 때도 있다. 식당에서 음식이 빨리 나오길 재촉하거나 더디 가는 차량의 운전사를 보며 찡그린 적은 없는지 생각해 본다.

나도 태국에 있는 만큼은 '싸바이 싸바이'를 되새기며 슬로우 트래블러가 되고 싶다.

03

머리 만지지 마세요!

나는 아이를 좋아한다. 특히 아장아장 걷는 아기들을 식당이나 공원에서 보면 한참을 쳐다보게 된다. 꿈틀꿈틀 움직이는 것 자체가 사랑스럽다.

외국 여행을 가면 나와 다른 생김새와 피부색을 가진 사람들 사이에서 조금은 낯선 기분이 들어 한동안 어색하고 서먹한데, 어느 나라를 가든 아이들은 다 귀엽게 느껴진다.

우리나라에서는 귀여운 아이를 보면 머리를 만지거나 무언가를 잘했을 때 칭찬의 의미로 머리를 쓰다듬는 경우가 많다.

하지만 태국에서는 특별한 경우를 제외하고는 낯선 사람이 자기 몸을 만지는 것을 허락하지 않는다.

특히 머리는 그 사람의 영혼이 담겨 있는 곳이기에 매우 중요한 부분으로 여겨져 다른 사람이 만지는 것을 금하고 있다. 이런 사상을 존두사상尊頭思想이라고 한다.

우연히 태국의 방송을 보다 보니 스승의 날에 학생들이 선생님께 인사를 드릴 때 바닥에 고개를 박고 절을 하는 모습을 접하게 되었다.

또 태국에서는 윗사람이 서로 이야기하고 있을 때 그 사이를 지나가야 하는 상황이 생긴다면 허리를 굽혀 윗사람의 머리 아래로 굽히고 지나가야 한다고 한다.

어느 나라든 머리를 가장 중요하게 여기는 것은 같겠지만 태국의 존두사상은 우리와는 차원이 다른 것임을 명심해야겠다.

천진난만한 태국의 어린이들

외로움에 사무치다

원래는 태국에서 한 달 살기를 해 보고 싶었다. 하지만 한 달은 시간상, 경비상 조금 부담되는 날짜였다. 그래서 일주일을 줄여 3주로 여행 계획을 세웠다. 그 정도면 여유 있게 여행할 수 있을 것 같았다.

며칠간은 정말 즐거웠다. 하루 24시간이 주어진 건 같은데 여행 일정이 빠듯할 때는 조바심이 나서 시간이 더 빠르게 가는 것처럼 느껴진다. 반대로 시간 여유가 있다고 생각하니 정말 이곳의 주민이 된 것처럼 편안함이 느껴졌다.

그런데 이게 웬일? 불과 1주일 정도 지났을 때 여행의 즐거움보다는 외로움이 몰려왔다. 특히 부모님이 보고 싶어졌다.

어릴 적 중학교 때 유학하며 외로웠던 그 기분을 15년 만에 다시 느끼는 듯했다.

생각해 보니 스무 살이 된 이후로 부모님과 그렇게 많은 시간을 보내진 못했다. 이제 성인이 되었으니 내 인생은 내가 알아서 해야 한다고 생각해서 유학 생활, 군 생활을 씩씩하게 해냈다.

그런데 왜 갑자기 여행지에서 사무치는 외로움을 느꼈을까.

어느 때처럼 아침에 일어나 아침밥을 사 먹고 산책하고 땡볕을 피해 공원에 앉아 있다 갑자기 눈물이 왈칵 났다.

부모님이 보고 싶어서였지만 그렇다고 해서 울면서 엄마에게 전화할 수는 없었다. 혼자서 하염없이 눈물을 흘리며 1시간 정도 엉엉 울었던 기억이 아직도 또렷하다.

울고 나니 후련한 기분이 들었고 그 이후 가뿐한 마음으로 또 다른 여행이 시작되었다. 사실 어른이 된 이후로는 이렇게 울 일이 없었다. 울고 싶어도 계속 꾹 참았던 것 같다.

여행지에서는 뜻하지 않게 숨어 있던 나를 발견하는 경험을 하게 된다.

05

아버지와의 대화

　어릴 적 부모님을 따라 절에 자주 갔다. 부모님이 절실한 불교 신자였기 때문이다. 우리나라의 절은 워낙 조용하고 그곳에서는 절대 떠들거나 뛰어서는 안 된다고 교육을 받았기에 어린 나는 절에 가는 것이 긴장되고 불편하게만 느껴질 때도 있었다.

　호주로 유학을 오면서 교회에 다니기 시작해 기독교인이 되었지만, 태국 여행을 가면 가장 많이 찾아가게 되는 곳이 바로 사원이다. 어린 시절에는 부담스럽게만 느껴지던 사원의 조용함이 이제는 내 마음을 차분하게 가라앉혀 주기 때문이다.

　태국인들의 90% 이상이 불교 신자이며 태국 전역에 3만 개 정도의 불교사원이 있다고 하니, 수백 년간 불교문화 속에서 살아온 태국인들에게 불교는 종교 이상의 생활 문화가 되어버린 것 같다.

특히 관광객들로 가득 찬 사원에서도 진심으로 부처님 앞에서 절을 하거나 향을 피워 소원을 비는 태국 현지인들을 보면 관광에 열중하던 나도 몸가짐을 조심하게 된다.

문득 저 사람은 어떤 소원을 빌고 있을까 궁금해지기도 하고 나도 모르게 두 손을 모으고 눈을 감아 지금 생각나는 소원을 빌어보기도 한다. 그러다 부모님이 생각났다.

어릴 때 절에 가면 나는 이곳저곳 기웃거리느라 정신없는 동안 부모님은 항상 두 손을 모으고 절을 하며 간절한 표정으로 기도하셨다. 어떤 기도를 하셨던 걸까, 어떤 소원을 그토록 절실한 마음으로 비셨던 걸까.

문득 아버지 생각에 여행 중 오랜만에 태국의 사원에 와 있다며 사원 사진과 문자를 보내드렸다.

평소 방송을 하거나 바쁘신 중에는 핸드폰을 바로 보시지 않기에 문자로 대화해 본 적이 거의 없었다. 급한 용무가 있을 때 통화로 용건만 간단히 하는 것이 의사소통의 전부였는데 이날은 마침 시간이 되셨는지 문자를 보내자마자 바로 답장이 왔다.

사원 사진을 보니 마음이 편안해지고 기분이 좋아진다며 사진을 더 보내달라고 하셨다. 곧바로 사진 몇 장을 더 보내드렸다.

평소 무뚝뚝한 부자 관계지만 이날만큼은 서로 문자를 주고받으며 대화를 나눴다. 그래서인지 이후에는 사원에만 가면 아버지 생각이 난다.

그 뒤로 또 문자를 보낸 적은 없지만 예전보다 사진을 더 많이 찍어 저장해 두는 습관이 생겼다. 아버지가 원하실 때 언제든 보내드리기 위해서 말이다.

신성함과 화려함이 공존하는 왓 포 사원

태국 왓 포 사원에서

06

황금의 언덕, 왓 사켓

방콕에는 정말 유명한 사원이 많다. 태국 사원으로 검색하면 수많은 사진이 나오는 왓 아룬 새벽 사원, 볼거리가 정말 많은 왓 포도 좋지만 내가 가장 좋아하는 사원은 황금 사원이자 황금 산으로 불리는 왓 사켓이다.

'왓'은 사원, '사켓'은 황금의 언덕이라는 뜻이다. 라마 1세가 태국의 전통 신앙과 중국의 풍수 사상에 따라 왕국 동쪽에 80m 의 인공산을 만들었다.

다른 사원에 비해 규모는 작은 편이지만 언덕 위에 있어서 전 경을 바라볼 수 있는 뷰 포인트이기도 하다.

왓 사켓은 아유타야 시대의 불교사원이자 성지순례지다. 사

방콕 왓 사켓 사원

원에 입장하기 전에 입장권을 구입해야 하는데 티켓마다 사진도 달라서 여러 가지 매력을 볼 수 있다.

인공적으로 만든 언덕으로 79m 높이에 자리 잡고 있는데 344개의 계단을 따라 올라가면 아름다운 풍경을 만날 수 있다. 계단이지만 경사가 꽤 완만한 편이라 그리 어렵지 않게 오를 수 있다.

사원 지붕 위로 솟은 첨탑은 불교의 우주관에 따라 세계의 중심에 있는 수미산의 형상을 의미하는데, 태국의 많은 사원이 이러한 형태로 되어 있고 왓 사켓 역시 이러한 양식을 벗어나지 않는다.

사원마다 화려하고 독특하게 놓인 수많은 불상과 갖가지 형상은 몇 번 가서 보다 보면 더 이상 신기하지는 않다. 불교에 정통하지 않고서는 그 의미를 모두 알 수 없는 노릇이기도 하다.

그런데도 불구하고 태국에 갈 때마다 이러한 사원들을 찾는 이유는 사원에 올 때마다 마음이 웅장해지기도 하고 차분해지기도 하기 때문이다.

초저녁의 왓 사켓 사원 야경

07

청혼 전에 스님 되기

유학 중 군 복무 문제로 한국에 돌아와야 했을 때 외국인 친구들이 의아해했다. 그들에게 대한민국 남성이라면 어떤 형식으로든 군 복무를 해야 한다는 사실을 설명해야만 했다.

어떤 친구는 우리나라가 북한과 휴전 중이며 전쟁 위험이 있는 국가임을 다시 한번 상기하는 듯해 꼭 그런 건 아니라고 이해시켜 주고 싶었으나 쉽지 않았다.

우리나라 사람들은 지금 어느 나라보다 더 평화롭고 자유롭게 살고 있고 성인 남성이 군대에 가는 것도 당연한 것으로 여기는 것처럼, 어느 나라든 다른 나라에서는 조금 낯설게 느껴지는 문화가 당연하게 받아들여지는 것들이 있다.

태국도 군대가 있는데 태국 남자들은 추첨으로 군대에 가고 운이 좋으면 군대를 면제받는 이들도 많다는 얘기를 들었다. 그런데 태국 사람들은 남자라면 군대는 안 가도 되지만 승려는 꼭 되어봐야 한다고 생각한다. 태국의 많은 젊은이가 결혼하기 전 한동안 승려가 된다는 것을 알고 조금은 놀랐다.

태국에는 오래전부터 남자들이 결혼하기 전에 석 달 정도 머리를 깎고 출가하여 수행하는 '부앗'이라는 풍습이 있다고 한다. 부앗의 풍습을 통해 무엇이 옳고 무엇이 그른지를 판단할 줄 아는 성인이 되어야 비로소 결혼하여 일가를 이룰 수 있다는 뜻이라고 한다.

예전보다는 출가하는 사람이 적고, 있다고 해도 출가 기간이 짧아졌는데, 요즘도 평균적으로 약 9일 정도는 출가해 승려로 생활한다는 것이다. 출가를 위한 휴직은 관공서나 회사에서도 허용되고 있다고 하니 신기한 문화다.

또한 태국의 전통 사회에서는 남자가 청혼할 때 어느 정도 출가하여 수도 생활을 했는지 그 여부가 조건이 되기도 한다고. 이 것은 마치 우리나라에서 남자들이 군대 갔다 오면 철이 든다고 말하는 것과 비슷한 듯하다.

문득 내가 태국인이었다면 나 역시 승려 경험을 해 봤겠구나 싶다. 새벽 4시에 일어나 예불을 드리고 탁발을 나가고 정신 수양을 하는 시간, 이런 시간을 겪고 나면 정말 철이 들고 성숙해지는 건지 궁금해진다.

태국의 스님들

08

태국의 코끼리

어릴 적엔 누구나 애착 인형이란 게 있다. 나도 있었던 것 같은데 정확히 기억나지는 않지만 분명 동물 인형들을 좋아했다.

그중 가장 좋아하는 동물은 펭귄. 뒤뚱뒤뚱 걷는 그 걸음걸이가 정말 귀여웠다.

그리고 또 좋아했던 동물이 바로 코끼리다. 코끼리는 몸이 거대한 데다 힘도 엄청나게 센 동물이다. 호랑이나 사자보다 코끼리가 힘이 더 세고 동물의 왕이라는 이야기를 들은 적이 있다.

다만 코끼리는 다른 동물과 싸우거나 다른 동물을 잡아먹지 않는 초식 동물이니, 평화의 왕이라고 할 수 있겠다.

이번 태국 여행에서는 꼭 코끼리를 만나야겠다고 결심했다.

코끼리 한 마리가 나를 시골 여행을 할 수 있게 안내해 주겠지? 자, 코끼리를 타고 바로 출발!

코끼리를 타면 위에서부터 시야가 굉장히 넓어진다. 잘못 타다간 진짜 아래로 떨어질 것 같고 크게 다칠 것 같다.

나는 코끼리를 타고 마치 버스를 탄 것처럼 태국의 시골 풍경을 구경하고 이런저런 집들이 어떻게 살아가는지 관찰도 해 보았다. 태국의 시골집들은 잘사는 집들도 있었고 불쌍하게 사는 집들도 있었다.

코끼리를 타다 보면 중간쯤 옆으로 계속 흔들릴 때가 있었는데 마치 놀이기구를 타듯이 재밌었다.

태국의 코끼리들은 훈련이 아주 잘되어 있어 사람들의 마음을 잘 캐치하는 동물 중 하나라고 생각한다.

우연히 어떤 영상에서 코끼리를 길들이기 위해 몸에 상처를 내고 때리기도 하는 걸 봤다. 그래서 이런 관광지에서 코끼리를 타는 것이 코끼리에게 좋지 않다는 이야기도 들었다.

사실 어떤 것이 맞는 건지 잘 모르겠다. 나는 코끼리를 괴롭히고 싶은 것이 아니고, 단지 코끼리와 만나고 싶고 친구가 되고 싶을 뿐이다.

태국인들에게 코끼리는 군인처럼 태국을 지키는 동물이라고 한다. '코끼리가 아프지 않게 사람들과 행복하게 잘살 수 있는 방법은 무엇일까?' 생각해 보는 하루다.

09

어른이 된 기분, 내 맘대로 즐기는 태국의 맛

어릴 적 유학 생활을 할 때는 먹는 것이 늘 비슷했다. 낯선 식재료에서 나오는 낯선 향과 맛이 거부감이 들 때가 많았기 때문이다. 하지만 태국 여행을 통해 나는 다양하고 새로운 맛을 경험하는 즐거움을 알게 되었다.

처음에는 카오산 로드의 길거리 음식들이나 유명 레스토랑의 퓨전식 요리로 시작했다. 태국 요리로 가장 유명한 팟타이, 똠양꿍, 쌀국수 등도 모두 맛있게 먹을 수 있었다.

그런데 현지인들을 유심히 살펴보다 여러 가지 소스를 곁들여 먹는 것을 발견했다. 남플라 소스나 스리라차 소스 등 어떤 소스를 넣느냐에 따라 맛이 조금씩 달라지는 것이다. 그러고 나니 현지인들이 가는 허름한 식당도 찾게 되고 전통음식들도 곧잘 먹게 되었다.

무엇보다 태국 음식을 통해 새롭게 깨닫게 된 것은 바로 국물의 묘미다. 태국식 쌀국수는 처음엔 고깃국물이 시원해서 좋았다. 하지만 몇 번 먹고 나니 얇게 저민 마늘과 매콤한 고추를 넣어 국물을 칼칼하게 만들어 먹는 것이 더 맛있었다.

좀 더 현지식으로 즐기고 싶어 레스토랑이 아닌 태국 현지인들이 점심시간에 찾는 저렴한 포장마차를 찾아가서 국수를 먹고 오곤 한다. 가만히 있어도 땀이 줄줄 흐르는 무더운 태국의 낮, 땀을 뻘뻘 흘리며 뜨끈한 쌀국수 국물을 마시고 나도 모르게 "아~ 시원하다!"라는 말을 내뱉었다. 술 드시고 난 후 해장국을 들이켜는 우리네 아버지들의 전형적인 멘트가 나오다니! 이럴 때 뭔가 어른이 된 기분이 든다.

그렇다고 해서 방심은 금물이다. 어떤 날은 좀 더 용기가 생겨 태국 고추를 몇 개 입에 넣고 씹어 먹어 보기도 했는데 청양고추보다 훨씬 매워 물을 아무리 마셔도 매운맛이 가시지 않아 고생했다. 그것은 무모한 도전이었다.

10

매번 먹는 쌀국수 팟타이가 지겹다면…

한국 사람들이 늘 김치찌개와 된장찌개, 불고기, 비빔밥만 먹는 것이 아니듯 태국도 다양한 현지식이 있다.

흔히 먹는 태국 음식 외에 새로운 음식을 찾는 이들을 위해 몇 가지 색다른 음식을 추천하고 싶다.

첫 번째는 '카오 팟 무쌉'이다. '팟'은 볶다라는 뜻이고 '무쌉'은 돼지고기란 뜻이니 쉽게 말해 다진 돼지고기 볶음밥이라고 할 수 있다.

한국에서도 요즘 이 음식을 판매하는 레스토랑에 가 보기도 했는데 시금치나 쪽파를 부재료로 이용하거나 다진 마늘 맛이 많이 나는 것을 알 수 있었다. 하지만 태국 현지식은 양파와 고

추 맛이 나고 바질이나 고수 등의 독특한 향신료가 특색있게 느
껴지는 요리다.

태국에서 가장 사랑하는 음식들(똠양꿍, 똠얌국수, 팬케이크)

또 하나 추천하고 싶은 음식은 태국식 카레 국수인 '카오 소이'다. 카오 소이는 바삭한 달걀 면과 코코넛 커리 소스에 닭고기 혹은 돼지고기 등을 넣어 만든 음식으로 태국 북부 지역인 치앙마이의 대표적인 음식이다.

치앙마이에서 내가 먹은 카오 소이는 튀긴 달걀 면과 삶은 달걀 면을 동시에 넣어 만든 것으로 바삭바삭한 튀김 면과 부드러운 면발이 어우러져 독특한 맛이 났다. 여기에 고소한 코코넛 향과 진한 카레 향이 섞여 있어 정말 차원이 다른 맛의 향연을 느낄 수 있었다.

주문과 동시에 그릇에 면과 튀긴 면, 고기 등의 토핑을 담고 마지막으로 소스를 끼얹듯 음식을 담아낸다. 여기에 추가로 국물에 담가 먹으면 맛있는 돼지껍질 튀김 '껩무'를 곁들이면 국물 맛이 더 풍성해지는 느낌이다.

치앙마이의 여러 레스토랑 중 님만해민이나 올드시티 파라솔 인 호텔의 카오 소이가 가장 맛있었으니 추천하고 싶다.

11

툭툭

방콕은 대중교통이 잘 되어 있다. 버스, 지하철 노선이 많아서 미리 검색만 하면 어디든 쉽게 찾아갈 수 있다.

하지만 가장 많이 활용하는 이동 수단은 아무래도 '툭툭'이라고 할 수 있겠다.

툭툭은 방콕을 중심으로 해서 가장 많은 사람이 이용하는 삼륜차다. 오토바이와 택시의 중간 모양이라고 할 수 있는데, 바퀴가 세 개인 오토바이에 지붕을 달고 사람이 타거나 짐을 실을 수 있게 개조하여 만든 것이다.

교통 체증이 심한 방콕 시내에서 비교적 짧은 거리를 이동하게 되는 외국인 관광객들이 툭툭을 많이 이용하게 되면서 태국의 상징적인 교통수단이 되었다.

툭툭이라는 이름이 재미있어 알아보니 일반 차량에 비해 엔진 배기량이 적어서 차에서 툭툭 소리가 나는데 그 엔진소리를 듣고 툭툭이라는 이름이 붙여졌다고 한다. 재미있는 명칭이다.

이 밖에도 태국에는 동물이나 사물이 그 특징적인 소리대로 이름이 되어버린 경우가 많다고 한다. 구급차는 워워 하고 달려서 '워'라고 불리고 기차의 기적은 웃웃 소리를 붙여 '웃'이라고

카오산 로드에 세워놓은 태국의 독특한 교통수단 '툭툭'

불린다니 재미있다.

먼 거리를 이동하거나 길을 정확히 알지 못할 때는 택시를 이용하기도 하는데 태국의 택시는 미터기로 계산하지 않고 택시 기사가 부르는 게 값이기 때문에 바가지요금이 될 가능성이 높다.

이런 바가지요금은 툭툭에도 존재하기 때문에 타기 전 목적지를 말하고 값을 반드시 흥정하고 타야만 한다.

평소 택시를 그리 많이 이용하지는 않는 편인데 가끔 택시를 타게 되면 그래도 택시 기사분과 대화하는 즐거움이 있긴 하다. 영어를 아주 잘하는 기사는 거의 본 적이 없고 기본적인 의사소통을 할 수 있는 기사분들은 있었다.

어디에서 왔는지, 누구와 여행을 왔는지 많이 묻는다. 바가지요금만 아니라면 택시 기사분들과 이야기 나누며 여행하고 싶다는 생각을 가끔 하기도 한다.

12

카오산 로드에 울려 퍼진 나의 노래

방콕은 크고 멋진 쇼핑몰과 백화점이 많다. 시암파라곤, 센트럴월드, 터미널21, 엠쿼티어 등 하나씩 도장 깨기 하듯 들러본다.

특별히 쇼핑하지 않아도 쇼핑몰을 구경하는 것만으로도 하루가 훌쩍 간다. 하지만 내가 가장 좋아하는 쇼핑 명소는 여전히 카오산 로드다. 저렴한 음식점, 숙소, 상점들이 다닥다닥 붙어 있는 골목을 헤매는 재미가 있다.

가장 재미있는 것은 사람 구경이다. 카오산 로드가 배낭여행자의 성지라 불리는 것처럼 커다란 배낭을 멘 외국인들이 줄지어 걷는다. 특히 밤이면 더 많은 사람이 몰리는데 그 불빛과 사람들의 열기가 참 좋다.

카오산 로드가 특별한 이유는 그곳에 가면 용기가 생기기 때문이다. 혼자 여행을 다니면서 모르는 사람들과 대화하는 것은 쉽지 않은 일이다. 하지만 카오산 로드는 많은 이들이 나처럼 혼자 온 사람들이자 여행객이고 이방인이라는 생각에 이상한 동질감이 든다. 용기를 내서 말을 걸어보게 된다. 어느 나라에서 왔냐고, 태국에서 어떤 여행을 하고 있냐고 말이다.

이번 여행에서는 더욱 특별한 추억이 생겼다.

배낭여행의 성지, 카오산 로드

카오산 로드의 한 편의점에 들어가 물건을 고르던 중 혼자서 노래를 중얼거리고 있는데 점원이 한국에서 왔느냐며 말을 걸었다. 그러더니 한국 노래를 한 곡 들려달라고 하는 것이 아닌가.

　　갑자기 생각나는 노래가 있었는데 개그맨 최영준의 '한국을 빛낸 100명의 스포츠인들'이었다.

　　그래서 흥얼거리기 시작했는데 점원이 손뼉을 치며 좋아해서 나는 더 신이나 끝까지 다 불러버렸다.

　　나에게는 잊지 못할 기억이 되었다. 그 점원은 이 곡이 유명 아이돌의 케이팝이라고 생각한 건 아닐까, 아직도 나를 기억할까 문득 궁금해진다.

13

외국인과 친구 되기

카오산 로드의 밤거리를 구경하다 보면 왜 우리나라는 이런 곳이 없을까 궁금해진다.

우리나라의 서울도 케이팝이 큰 인기를 끌면서 외국인들이 많이 찾는 관광 도시가 되었는데 이렇게 외국인들을 위한 거리는 없다. 갑자기 질투가 나기도 한다.

서울에도 이렇게 멋진 골목을 만들 수 있을 텐데… 전 세계에서 몰려든 다양한 인종들이 함께 어우러질 수 있는 문화를 만들면 좋을 텐데… 하고 말이다.

내가 방콕에서 주로 가는 호스텔은 거의 다 나 홀로 배낭여행족들이 이용하는 곳이라 어느새 삼삼오오 모이게 된다. 영국, 스페인, 호주 등에서 온 친구들과 친구가 되어 카오산 로드의 나이트 라이프를 즐겼다.

작은 술집에 자리를 잡고 카드 게임을 하며 음료를 마셨다. 내 옆에 앉은 영국인 친구가 나에게 맥주를 추천해 주었는데 나는 술을 잘 마시지 않기 때문에 스프라이트 한 병을 시켰다.

그런데 그 친구가 맥주를 손으로 돌려 따서 병째 들고 마시는 모습이 너무 멋있어 보였다. 나도 한번 도전해 볼까. 맥주 한 병을 시켜 그 친구처럼 마셔보기도 했다.

그리고 그 친구들과 함께 클럽에 갔다. 한국에서도 클럽에 가본 적이 별로 없는데 오랜만에 술도 마시고 춤을 추려니 두근두

방콕 카오산 로드

근 떨렸다.

여기가 한국이라면 춤을 잘 출 수 있을까, 사람들이 이상하게 보지는 않을까 걱정했을 것이다. 하지만 이곳은 태국 방콕이고 모두가 이방인이다. 내 맘대로 내가 하고 싶은 대로 해도 된다.

그래서 내 몸이 가는 대로 마구 춤을 췄다. 클럽의 음악은 주로 올드팝이었는데 예전에 자주 듣던 리믹스 음악들도 나오고 마카 레나 음악도 나왔다. 오랜만에 신나게 놀았다는 느낌이 든다.

한국에 돌아와서도 가장 많이 떠오르는 장면이 바로 카오산 로드에서 외국인 친구들과 어울려 무아지경으로 춤을 추던 내 모습이다.

14

치앙마이 가는 길

3월의 어느 날 오후 6시 30분, 카오산 로드 스타벅스 앞에서 치앙마이로 향하는 버스에 올랐다. 이번 여행에서 가장 기대되는 여행 코스였기에 두근두근 설레는 마음이 들었다.

방콕에서 치앙마이까지는 버스로 무려 12시간 거리이다. 내가 탄 버스는 이층 버스였는데 꽤 긴 거리에 불편한 버스 여행이 쉽지는 않았지만, 외국인과 현지인 여럿이 어우러져 가는 그 길이 왠지 낭만적으로 느껴지기도 했다.

문제는 버스 안에 사람들만 많았던 것이 아니라 모기 역시 많았다는 점이다. 태국의 3월은 건기라 밤낮을 가리지 않고 모기가 굉장히 기승을 부렸다.

나는 참지 못하고 한국에서 하듯 손으로 모기를 잡아댔다. 그렇게 몇 번 모기를 잡았더니 양옆에 앉은 외국인들이 어떻게 모기를 잡는 거냐며 나에게 구원의 손길을 요청하기도 했다. 그렇게 모기 덕분에 친구가 생겼으니 나쁜 일만은 아니었다.

방콕에서 치앙마이까지 가는 길은 온통 녹색의 숲들로 덮여 있다. 눈으로 보는 풍경은 아름답다고 할 수 있지만 공기는 매캐했다. 현지인들은 거의 모두 마스크를 쓰고 있었고 나와 몇몇 여행객들만 마스크를 쓰지 않았다. 비록 매연이 심하고 탁해도 치앙마이의 공기를 느껴보고 싶었기 때문이다.

버스를 타고 굽이굽이 길을 가다 보면 끝이 없는 평야와 키 높

치앙마이 풍경

은 나무들 사이에서 문득 우리나라의 시골길과 비슷하다는 생각
이 들기도 했다.

자연스럽게 어릴 적 외갓집에 가던 내 모습이 떠올랐다. 그때
도 이렇게 설레는 마음이 들었지…, 옛 추억을 떠올리며 어느새
버스 안에서 스르르 잠이 들었다.

15

북방의 장미, 치앙마이

치앙마이는 란나 왕국의 수도였던 곳으로 고유한 문화와 수많은 문화재를 보유하고 있는 태국 제2의 도시다. 그래서 방콕 다음으로 많은 관광객이 이곳을 찾는다.

치앙마이의 별명은 '북방의 장미'라고 한다. 때 묻지 않은 자연의 아름다움이 남아 있고 란나 왕국 고유의 문화가 어우러져 독특한 아름다움을 풍기기 때문이다.

오전 5시경, 무려 12시간 동안 버스를 타고 와 드디어 치앙마이 버스터미널에 도착했다. 일단은 너무 피곤했기에 먼저 예약한 호스텔을 찾아갔다. 짐을 두고 씻고 푹 쉬고 싶었기 때문이다.

하지만 호스텔은 정문만 열려 있을 뿐 텅 비어있었다. 아직 직원이 출근하지 않은 것일까. 방콕에서 출발한 버스가 이쯤 도착하는 것을 알 텐데 놀랍게 아무도 없었다. 체크인은 아니더라도 최소 로비 소파에서 쉬고 싶었는데…. 치앙마이에 도착하자마자 짜증이 몰려왔다.

결국 나는 호스텔을 나와 주변을 어슬렁거리기 시작했다. 무척 피곤했는데 이상하게 잠이 싹 달아나 버렸다. 조금 걸어 나오다 보니 시장이 하나 있었다. 외국인이나 관광객이 찾는 시장이 아니라 현지인들이 오는 작은 시장인 듯 보였다.

그곳에서 군것질하며 시간을 보내다 문득 공양하는 스님을 보게 되었다. 한국에서는 공양하는 스님을 길에서 만나는 일은 드물지만 태국에서는 새벽 탁발 공양이 보편적으로 이뤄지는 것을 볼 수 있다. 공양을 원하는 신도들은 굳이 스님을 찾으려고 애쓰지 않아도 된다. 구석구석 스님들은 자유롭게 골목을 거닐며 공양한다.

고즈넉한 풍경에 편안해 보이는 사람들, 스님에게 음식을 공양하는 사람들을 보니 갑자기 이곳이 좋아졌다. 그래, 치앙마이야, 잘 지내보자.

치앙마이 거리

16

고맙기도 하고 원망스럽기도 했던 비

건기를 맞은 3월의 태국은 너무 덥다. 치앙마이는 방콕보다는
북쪽이고 나무와 숲이 많은 시골이라 조금 다를 줄 알았는데 더
덥게 느껴졌다. 그래도 꼭 와 보고 싶었던 치앙마이라 부지런히
움직였다.

첫날부터 '카오 소이'가 맛있는 음식점도 찾아가고 '왓 체디 루
앙'이라는 사원에 가서 부모님의 건강을 위한 기도도 드리고 올
드 시티를 천천히 걷는데 땀이 비 오듯 쏟아졌다.

태양이 뜨거워 살이 타는 느낌까지 드는데 갑자기 마라톤 대
회에 나왔다고 생각하자며 자기최면을 걸기 시작했다. 운동한
다 치고 마라톤한다고 생각하며 성벽으로 이뤄진 올드 시티 내

치앙마이 왓 체디 루앙 사원

부를 꼼꼼히 돌았다.

이렇게 흠뻑 땀을 쏟은 후 시원하게 샤워한 후의 개운함은 정말 큰 기쁨이다. 하지만 밤늦게까지 이어지는 더위가 여행의 큰 걸림돌이었던 것도 사실이다.

주말에는 야시장이 열렸는데 길게 늘어선 시장의 행렬이 인상적이다. 이곳을 둘러보는데 갑자기 비가 쏟아졌다. 쏟아지는 비 덕분에 더위도 한풀 꺾이고 제법 선선해져 기분 좋게 시장을 구경할 수 있었다. 선선해진 날씨, 화려한 야경, 열정적인 사람들을 보며 나는 이어폰을 끼고 음악을 들으며 이 시간을 즐겼다. 그 시간이 참 행복했다.

그런데 웬일인가. 호스텔에 돌아오니 갑자기 쏟아진 비 때문에 정전이 되어 있었다. 에어컨도 없고 샤워도 하지 못하고 찝찝한 상태로 기다려야만 했다. 비가 와서 정말 좋았던 것도 잠시, 비 때문에 괴로워진 상황이다.

좋은 점이 있으면 안 좋은 점도 생긴다. 인생이 아이러니의 연속이듯 여행에서도 이런 아이러니는 계속 이어진다.

17

도이수텝 사원의 염주

치앙마이 여행을 준비하다 보면 가장 먼저 리스트에 올리게 되는 여행 코스가 바로 '도이수텝'이다. '도이'는 산을 뜻하니 '수텝산'이라는 뜻일 텐데 치앙마이의 많은 사원 중에서도 이곳이 제일 유명하다.

금빛 사원의 화려함 때문일 수도 있고 치앙마이의 시내 전경을 한눈에 내려다볼 수 있는 곳에 위치한 지리적 특성 덕일 수도 있다.

치앙마이 시내에서 도이수텝까지 가는 길은 울창한 숲으로 둘러싸여 있어서 경치가 더할 수 없이 멋있었지만 엄청나게 꼬불꼬불한 길을 계속 지나야 해서 어지럽기도 했다.

드디어 도이수텝에 도착! 차에서 내려서도 300개의 계단을 올라야 만날 수 있는데 입구 옆에 돈을 내고 타는 엘리베이터가 있기도 하다.

날이 덥고 힘들었으나 천천히 걸어 올라가고 싶어 나는 심호흡하며 생수 한 병을 마셔가면서 계단을 올랐다.

온몸이 땀에 흠뻑 젖어 사원에 도착했을 때 한 스님과 눈이 마주쳤다. 나도 모르게 두 손을 모아 합장하며 스님께 절을 했더니 스님이 나에게 다가오셨다. 내 머리에 살짝 물을 뿌리고 흰 줄로 된 염주를 내 손목에 달아주었다.

정확히 스님 말씀을 알아듣지는 못했어도 평안을 기원해 주시는 느낌이었다. 염주는 이후 여행 내내 손목에 차고 있었는데 그 염주가 나의 건강을 지켜주고 나에게 즐거운 여행을 하게 해주는 수호신처럼 느껴졌다.

도이수텝 사원은 금빛 불상도 멋지지만, 조경이 정말 잘 되어 있다. 마치 수목원에 온 것처럼 나무들이 아기자기하게 되어 있고 돌기둥 하나하나도 조각품처럼 빛이 난다.

무엇보다 아름다운 것은 아래로 내려다보이는 치앙마이의 전경이다. 내 발밑 아래 구름이 있는 느낌, 안개와 구름에 싸인 동

태국 도이수텝 왓 프라 사원에서

화 속 나라를 보는 느낌. 뜨거운 여름이었지만 가만히 귀를 기울이면 살랑살랑 부는 여름 바람 소리까지 눈과 귀 모두가 호강하는 시간이었다. 특히 야경이 일품이어서 야경 투어 상품이 많기도 하다.

　우르르 몰려다니는 사람들을 보며 외롭기보다는 오랜만에 혼자 있어서 좋다는 생각이 들었다. 이 아름다운 시간을 오롯이 나 혼자 즐기는 것이 참 좋았다.

18

목적지보다 가는 길 자체가 아름다운 여행

치앙마이에서는 정말 많이 걸어 다녔다. 방콕 여행에서는 가고 싶은 목적지가 있으면 툭툭이나 대중교통을 이용했지만, 치앙마이에서는 무척 더운 날씨였음에도 불구하고 땀을 흘리면서 계속 걸었다.

치앙마이는 목적지가 중요하다기보다 그곳으로 가는 과정 자체, 길이 너무 좋았기 때문이다. 자연의 아름다움을 만끽한다는 것이 이런 것이구나 싶다.

그리고 나는 이용하지 않았지만, 오토바이나 자전거를 빌릴 수 있는 곳이 많아서 경치를 즐기며 이런 이동 수단을 이용해도 좋겠다는 생각이 들었다.

치앙마이 여행 코스 중에서도 가장 아름다웠던 길을 생각해 보면 동굴 사원인 '왓 우몽'과 '39카페'였다.

왓 우몽은 밤색으로 된 돌 사원이었고 동굴이 있어 유명하다. 이곳에서는 관광객보다 사원을 지키는 개들이 더 기억에 남는다. 사원 곳곳에 편하게 널브러져 휴식을 취하는 개들이 많았고 그들의 모습이 이 사원의 아늑함을 말해주는 것 같았다.

왓 우몽을 나와 10분 정도 걷다 보니 에메랄드빛 호수가 눈에 띄었다. 영화에서 본 파라다이스 같은 멋진 풍경!

알고 보니 인공 호수였고 치앙마이에서 가장 유명한 카페 중 하나인 39카페였다.

호수에 풍덩 뛰어드는 상상을 하며 그곳에 한참을 앉아 있었다. 언젠가 나도 치앙마이에서 한 달 살기를 해 봐야겠다는 결심을 다시 한번 하게 된 곳이었다. 치앙마이에 있음에도 벌써 치앙마이가 그리워지는 느낌이 들었다.

19

아유타야 데이 트립

처음 태국에 갔을 때는 쇼핑할 곳이 많은 방콕, 시원한 바다에서 휴양을 즐길 수 있는 파타야나 푸껫에만 관심을 두고 있었다. 하지만 몇 번 방문하게 되고 태국이라는 나라를 좋아하게 되니 태국의 역사 유적지에 가 보고 싶다는 생각이 들었다.

그래서 방콕에서 가장 가까우면서도 태국의 경주라고 불리는 아유타야에 가기로 했다. 아유타야는 방콕에 머물면서 원데이 투어로 가기에 적당한 거리라 교통을 포함한 일일 여행 상품이 다양하다.

한 곳에 거점을 두고 숙박 없이 하루 동안 타 도시를 경험할 수 있는 일일 투어 상품을 난 자주 이용하는 편이다.

일일 투어 상품의 장점은 제일 까다로운 교통수단이 포함되어 있어 버스나 택시 등 대중교통을 알아보지 않아도 되어 편리하다는 점과 가이드가 있어서 여행지에 대해 자세한 소개를 들을 수 있다는 점이다.

사실 패키지여행을 하지 않는 이상 내가 가는 여행지에 대해 정보를 얻는 것에 한계는 있으나, 그렇다고 해서 패키지로 무조건 가이드만 쫓아다니고 싶지는 않다. 그렇다면 자유여행을 가서 이렇게 하루씩 함께 여행할 수 있는 여행 상품을 활용하는 것 또한 좋은 방법이 될 것이다.

담넌 사두억 수상 시장

아유타야 데이 트립은 아유타야 유적지, 담넌 사두억 수상 시장, 선셋 투어까지 한 번에 즐길 수 있다.

담넌 사두억 수상시장에서는 배를 타고 좁은 강둑을 흐르듯 지나는 경험을 할 수 있다. 배는 모터보트라 생각보다 빠르고 신이 난다. 중간중간 노점상을 통해 아이스크림이나 음료를 사 먹을 수도 있고 수상가옥의 풍경도 맘껏 즐길 수 있다.

무엇보다 여행지에서 또 다른 여행을 온 느낌이라 기분이 좋아졌다.

20

거대한 불상을 만드는 신도의 마음을 기억하다

'아유타야'는 1350년부터 1767년까지 태국의 수도였던 곳이다. 아유타야 왕조는 크메르 제국의 신왕 사상과 브라만 사상을 융합한 수많은 사원을 건축했다.

지금 남아 있는 사원들 대부분이 왕조가 성립되고 150년 안에 지어진 사원들이다. 그중에서도 가장 유명한 곳은 '왓 프라 마하탓'으로 머리가 잘려 나간 불상들로 많이 알려져 있다.

또한 보리수나무 뿌리에 휘감긴 불상의 머리도 유명한데 막상 눈으로 보면 마음이 아프게도 느껴진다. 미얀마와의 전쟁을 통해 머리만 남은 불상들이 사원의 여기저기에 나뒹굴어 참혹했던 과거를 말해준다.

하지만 내 마음을 흔든 곳은 '왓 야이 차이몽콜'이었다. 이곳은 초대 왕인 우통이 스리랑카에서 유학하고 돌아온 승려들의 명상 수업을 돕기 위해 세운 사원이라고 한다. 그래서 스리랑카 양식으로 지어졌다고 하는데 다른 사원들과는 확실히 다른 건축 양식이 느껴졌다.

내가 태국의 사원에서 가장 눈여겨보는 것은 불상인데 이곳의 불상은 특이하게도 흰색, 금색 천을 두른 대형 와불이 눈길을 사로잡는다. 빨간 벽돌로 지은 사원과 묘한 대조를 이루며 어우러진다. 불상이 마치 편안하게 휴식을 취하고 있는 느낌, 여유롭

아유타야 왓 야이 차이몽콜

게 낮잠을 즐기는 그 느낌이 참 인상적이었다.

　그 옛날에 이렇게나 거대하고 멋진 불상을 만드는 신도들의 모습을 상상해 본다. 그 시절 백성들의 삶은 결코 멋지거나 풍요롭지 않았을 것이다.

　그럼에도 멋진 사원을 짓고 상상하지 못할 크나큰 불상을 만들어 내는 모습을 보면 인간의 마음을 초월하는 어떤 믿음 같은 것이 느껴진다.

21

나의 태국 사랑은 계속된다

처음 태국에 왔을 때가 떠오른다. 방콕 도시여행과 파타야 휴양지를 즐기는 패키지여행이었다.

패키지라 내가 원하는 일정을 맘대로 조절할 수가 없어 방콕보다는 주로 파타야 일정이 더 많았다. 그때는 파타야에서 수상 스포츠와 바다 수영을 실컷 즐겼는데, 사실 휴양보다 도시 탐험을 더 좋아하는 나로서는 혼자서 방콕 여행을 다시 와야겠다고 다짐하게 되었다.

그 다짐이 그냥 다짐으로 그치지 않을 거라는 걸 깨달은 건 한국에 돌아와서다.

TV를 보다가도 태국 여행기나 태국 역사와 관련된 프로그램을 보면 끝까지 시청하고, 집 주변에 태국 식당이 어디인지 검색하게 되었다. 혼자서 태국 인사를 외워본다든지 감사합니다, 얼마인가요 등의 태국 말을 찾아보고 있는 자신을 깨닫고는 다음 여행지를 주저 없이 또 태국으로 결정해 버렸다.

방콕의 화려한 쇼핑몰과 재미있는 도시 문화가 좋았다면 치앙마이의 조용하고 고즈넉한 분위기를 느낄 수 있어 좋았다.

콰이강의 다리에 등장하는 시골 마을인 '칸차나부리'의 멋진 자연 풍경도 인상적이었다. 태국의 역사를 알 수 있었던 아유타

영화 <콰이강의 다리>로 유명한 칸차나부리

야 역시 평생 기억할 것이다.

그렇게 여행에서 돌아온 후 나는 또 다른 태국 여행지를 찾는 중이다.

오랜만에 태국의 가장 큰 휴양지인 푸껫에도 가 보고 싶고 소도시인 빠이Pai와 치앙라이Chiang Rai도 가 보고 싶다.

이름 모를 작은 섬마을 길도 걸어보고 싶다. 그렇게 나의 태국 여행기와 태국 사랑은 계속될 것이다.

22

촉디캅, 태국

이렇게 나의 태국 여행기는 끝이 났다.

여행 중에 사진도 더 많이 찍고 틈틈이 여행에 대한 느낌을 더 적어뒀으면 여행 이야기가 좀 더 풍성해졌을 텐데 하는 아쉬움이 있다. 하지만 돌아와서 그날의 추억을 떠올리며 글을 쓰는 것도 재미있는 경험이었다. 무엇보다 내가 지금도 그 여행지에 있는 것 같은 착각이 들어서 좋았다.

누군가 여행은 행복이 될 수 없다고 말했다. 일상에서 소소한 행복을 느끼며 살고 여행에서 느끼는 즐거움은 일상과는 벗어나서 느낄 수 있는 쾌락이라고 말이다.

어느 정도 이 말에 동의하지만, 여행이 일상의 행복이 될 수도 있다. 문득문득 그때의 즐거웠던 기억, 멋진 풍경, 맛있었던 음식들이 떠오르면서 지금, 이 순간도 행복해지니 말이다.

태국어 공부 중 가장 재미있는 건 인사말이 다양하다는 것이다. 태국어로 '안녕하세요'를 뜻하는 말인 '싸와디캅'은 우리에게 가장 잘 알려진 인사말이다. 싸와디캅은 만났을 때 하는 인사말도 되지만 헤어질 때 하는 인사말로도 가능하다고 한다.

오랜만에 만난 사람에게 하는 인사말은 '마이다이폽깐난래우나캅'이라는데 우리말로 '오랜만이에요'라는 뜻이란다.

밤이 되기 전 방콕 시내의 모습

언젠가 다시 태국에 가서 내가 만났던 편의점 직원, 호텔 직원, 여행사 가이드, 외국인들에게 직접 이런 인사말을 건네고 싶다.

내가 가장 좋아하는 태국 인사말은 '촉디캅'이다. '안녕히 가세요'를 대신해서 쓸 수 있는 말로 '행운을 빌어요'를 뜻한다고 한다.

우리도 누군가를 만났을 때 매번 똑같은 인사를 하지는 않는다. '안녕!'이라고 하기도 하고 '잘 가~'라고 하기도 하고 '다음에 봐~'라고 하기도 하듯이 태국에서도 다양한 인사말을 건네보고 싶어졌다.

"촉디캅! 태국. 다음에 또 만나요."

출간후기

권선복
도서출판 행복에너지 대표이사
전) 대통령직속 지역발전위원회 문화복지전문위원

늘 그렇듯 여행이란 일상에 지친 이들에게는 새로운 모험이나 마찬가지다. 새로운 모험이 시작된다는 설렘과 함께, 김동현 저자의 『내 인생, 어디쯤?』을 펼쳐보았다.

이 책은 여행을 좋아하는 이 땅의 평범한 젊은이가 여행을 통해 또 다른 세상을 알게 되고, 일상에서는 좀처럼 맛볼 수 없는 경험과 감동 그리고 세상과의 소통을 담아내고 있다.

첫 페이지부터 마지막 페이지까지, 『내 인생, 어디쯤?』은 독자 여러분을 여행의 매력적인 세계로 초대한다. 이와 더불어 글

쓴이가 여행하는 동안 겪은 다양한 에피소드와 풍경들을 가감 없이 엮어내어 독자에게 생생한 경험을 전해준다.

특히 "내 인생, 어디쯤?"이란 책 제목에서 알 수 있듯, 자신의 정체성을 찾아 고민하는 젊은 세대의 시선이 신선한 감동을 선사한다. 가족과 친구, 여행지에서 만난 사람들에 대한 긍정적인 마인드와 선한 애정 또한 이 책을 빛나게 하는 이유다.

그렇기에 이 책은 단순한 여행 경험에 그치지 않고, 여행을 통해 얻은 깊은 통찰과 성장에 관한 이야기를 담아내고 있다. 자신의 길을 찾아 떠난 저자가 여행에서 어떻게 성장하고 발전해 나가는지를 통해, 독자 여러분도 여행이 주는 가치와 의미를 공감하게 될 것이다.

여행을 통해 또 다른 세상을 탐험하고 동시에 내면의 성장을 경험하고 싶은 모든 이들에게 강력하게 추천하며, 이 책을 통해 독자 여러분 모두 평온한 위로를 받고 희망의 꽃을 피워 행복에 너지가 팡팡팡 샘솟기를 기원드린다.

행복한 마을

– 권선복

할아버지가 끄는 무거운 손수레를
뒤에서 함께 미는 아이들에게
웃음소리 들립니다

느티나무 그늘 아래 할머니로부터
옛날 이야기 듣는 아이들에게
웃음소리 들립니다

환하고 아름다운
아이들의 웃음소리
맑은 물처럼 샘솟습니다

어른을 따르고 공경하는 아이들
사랑스런 아이들을 향한 어른들의 미소
웃음소리가 가득한 행복한 마을

인생은 마라톤

− 권선복

오르막이 있으면 내리막이 있습니다
한 걸음 한 걸음 쉼 없이 달려왔습니다
중도에 포기하고 싶은 순간도 있었지만
자신에게 긍정의 마법을 걸며 달렸습니다

그 순간 가슴 속에 차는 맑은 공기가,
아름답게 펼쳐지는 세상 풍경들이,
더없이 짜릿한 행복으로 다가왔습니다

된다 된다 모두 잘될 것이다 상상하면
아무리 힘든 순간에도 행복할 수 있습니다
그렇게 긍정과 행복의 에너지를
세상 사람들에게 전파하며 살아가겠습니다

아름다운 사람

- 권선복

아름다운 사람이 되고 싶습니다
내가 말한 말 한마디에
모두가 빙그레 미소 지을 수 있는 힘을 가진
아름다운 사람이 되고 싶습니다.

내가 보인 작은 베풂에
모두가 행복해할 수 있는
선한 영향력을 가진
아름다운 사람이 되고 싶습니다.

말보다 행동보다
모두에게 진정으로 내보일 수 있는
아이같은 순수함을 지닌
아름다운 사람이 되고 싶습니다.

'행복에너지'의 해피 대한민국 프로젝트!

〈모교 책 보내기 운동〉〈군부대 책 보내기 운동〉

한 권의 책은 한 사람의 인생을 바꾸는 힘을 가지고 있습니다. 한 사람의 인생이 바뀌면 한 나라의 국운이 바뀝니다. 그럼에도 불구하고 많은 학교의 도서관이 가난하며 나라를 지키는 군인들이 사회와 단절되어 자기계발을 하기 어렵습니다. 저희 행복에너지에서는 베스트셀러와 각종 기관에서 우수도서로 선정된 도서를 중심으로 〈모교 책 보내기 운동〉과 〈군부대 책 보내기 운동〉을 펼치고 있습니다. 책을 제공해 주시면 수요기관에서 감사장과 함께 기부금 영수증을 받을 수 있어 좋은 일에 따르는 적절한 세액 공제의 혜택도 뒤따르게 됩니다. 대한민국의 미래, 젊은이들에게 좋은 책을 보내주십시오. 독자 여러분의 자랑스러운 모교와 군부대에 보내진 한 권의 책은 더 크게 성장할 대한민국의 발판이 될 것입니다.

제 16 호

감 사 장

회계법인 공명
윤 남 호 님

귀하는 평소 군 발전을 위해 아낌없는 관심과 애정을 보내주셨으며, 특히 1,500권의 병영도서 기증을 통해 장병들의 복지여건 향상과 독서문화 확산에 도움을 주셨기에 전진부대 장병들의 마음을 담아 감사장을 드립니다.

2022년 6월 14일

제 1 보병사단장
소장 강 호

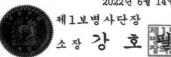

제 5 호

감 사 장

㈜대운산업개발
대표이사 함 경 식

귀하께서는 평소 군에 대한 남다른 애정과 관심으로 끊임없는 성원을 보내주셨으며 특히 양서 기증을 통하여 쌍용부대 병영독서문화 정착에 큰 도움을 주셨기에 군단 전 장병의 감사하는 마음을 담아 이 감사장을 드립니다.

2022년 2월 14일

제 2 군단장
중장 장 광 선

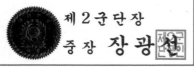